新潮文庫

# それは秘密の

乃南アサ著



新潮社版

10682

目次

それは秘密の

# ハズバンズ

1

ハーブティーのカップを両手で包み込むようにしながら、彼女は以前に比べると馬《ば》鹿《か》に長くなったまつげを伏せて「それで」と呟《つぶや》いた。相変わらず白くてきれいな手をしている。それにネイルアートにはキラキラ光るツブツブまで貼《は》りつけて、ずい分と凝っているようだ。これでは、たとえ日々家事に明け暮れていると言われたところで、容易に信じられるものではない。

「いくつなの」

そのツブツブキラキラの指先でカップについた濃いピンク色の口紅を拭《ぬぐ》ってから、半ば挑みかかるように眉《まゆ》を動かし、不敵な表情で微笑《ほほえ》みかけてくる彼女に、こちらも口角だけをわずかに上げて、笑みらしく見えるものを返した。

「三十二」

「そんな若いんだ」

「そんなっていうほどでもないさ」

どういう相手と向き合う場合でも穏やかな表情を崩さず、足も組んだりせずにきちんと背筋を伸ばして正対する。それでも窮屈な感じは与えない。実は、これがそう簡単ではない。ただ向かい合って座っているだけで礼儀正しく、また誠実な印象を与えられるようになるまでには、それなりの修練が必要だ。だから最初のうちは当時の上司からずい分と細かく注意を受けた。そんなことを思い出すのも、目の前にいるのが彼女だからだろうか。

「それで、いつ生まれるの」

「予定日は三月二十日だけどね」

「三月って、もうすぐじゃない。つまり、できちゃった婚なの？」

「そんなんじゃないさ。入籍を決めてから妊娠が分かったんだ」

ふうん、と言った後、彼女は少し長すぎるのではないかと思うくらいに沈黙を続け、それからぱっと思い出したように顔を上げた。

「そうだ、おめでとう、だよね。今度こそ、幸せになんなさいよね」

無論、そのつもりだ。いや、前の時だって、こっちはそのつもりだったし、精一杯に努力もした。それを一方的に裏切った張本人に「今度こそ」などと言われると、つい皮肉な思いにとらわれる。

「それで、そっちは？　わざわざ会いに来るなんて、珍しいじゃないか」

「ああ――ごめんね、こんな時間に」

そう、こんな時間だ。普通の主婦なら、そろそろ晩飯の仕度でもしているはずの午後七時前。もちろん、彼女の雰囲気や、ことにそのキラキラの指先を見る限り、とてもきちんと台所に立っているとは思えないが。

「ちょうど仕事が終わる頃だろうと思って」

「ああ、まあね」

「これでもね、下手に外に呼び出すよりは健全かなあと思って、気を使ってるんだ。何しろ、もう女房持ちになっちゃったわけだし」

どう、この気遣い。ちょっとは褒めてくれてもいいんじゃない、とでも言いたそうな顔で、こちらをうかがってくる。確かに「下手に」呼び出されるのは考え物だが、それでもこうして職場に来られるよりは、ましだった。第一、健全などという言葉を使うなら、まずはもう少し自分の格好を考えろと言いたかった。さすがに不健全とまでは言わないが、だからといって、とても健全と言える雰囲気でもない。何というか、全身から「勘違い」のオーラがムンムンと感じられるのだ。

濃い化粧、前髪だけ短く、あとは長く伸ばした上に緩くウェーブをかけている茶色い髪、耳たぶからぶら下がって肩に触れんばかりの大きなピアスや、じゃらじゃらと襟元を飾っているアクセサリーに、そして、濃いピンク色のクロコダイル風バッグ、レモンイエローのカットソーに至るまでが、すべてやたらと派手なばかりで、コーディネートもへったくれもあったものではない。水商売の女性ほど垢抜《あかぬ》けた感じもしなければ、それなりの仕事を持って経済的に自立している女性の雰囲気からもほど遠く、無論、上品な家庭の主婦とも思えない。エレガントともゴージャスとも異なるが、それでもあえて褒めようと思うなら、まあ、とりあえずは若々しくは見えるといったところだろうか。

会うたびに、だんだんひどくなるな、と密《ひそ》かにため息をつきそうになって、いや違う、と思い直した。昔と変わらなすぎるのだ。だから、どんどんと実年齢との間にギャップが生まれて、妙にちぐはぐな印象になっているのに違いない。

こんな格好を、よくも彼は許してるな。というより、我慢してるなと思う。諦《あきら》めたのだろうか。言って聞くような相手でもないから。

「何よ、せっかく久しぶりに会いに来たんだから、お世辞でも少しくらい嬉《うれ》しそうにしてくれるもんじゃない？」

「会いに来てくれなんて言ってないよ」

ただでさえさっきから、背中にチクチクと視線を感じている。終業間際《まぎわ》に現れた、ちょっと見は「いい女」風で、数年に一度くらいの割で現れる年齢不詳の彼女を、ことに若いスタッフは興味津々《しんしん》で物陰から観察しているに違いない。お得意様の奥さま、または愛人か、それとも誰かの紹介で来た新規のお客さまなのか、職業は何か、ここでぽんと、高級車の一台も買うつもりなのだろうかと。

「ねえ、前から置いてたっけ？　ハーブティーなんて」

緩くウェーブのかかっている長い髪を片手で肩の後ろに流し、彼女は改めてカップを手にしながら、ショウルーム全体を眺めている。以前染めてた色よりも、さらに明るい茶色になったようだ。瞼《まぶた》が痩《や》せてきたせいだろう、彫りが深くなったというよりも、以前よりも落ちくぼんだ印象の目元を見ていて気がついた。そうか、馬鹿に長いまつげをしていると思ったら、これはつけまつげだ。

「何年か前からね」

よくやるもんだな、と思いながら、穏やかに頷《うなず》くふりをして、腕時計にちらりと目を落とす。

「あそこの、ディフューザーも？」

つい、彼女が指さす方を振り返って「よく気がついたね」と言いそうになり、そういえばと思い出した。彼女もこういう類《たぐい》のものが好きだった。やれアロマキャンドルだのお香だのと言っては、玄関から寝室、風呂場《ふろば》に至るまで、色々な香りにさせていたものだ。そのせいで今でも匂《にお》いを嗅《か》げば反射的に彼女の姿が思い浮かび、すっかり敬遠するようになってしまった香りもあるくらいだ。香りの記憶とは、実に怖《おそ》ろしい。

「女性スタッフの意見でね」

「あら、そう。誰、それ」

「誰って。君の知らない人」

すると彼女は一瞬、ぽかんとした表情になってから、くすりと笑った。

「そりゃ、そうか。知らない人がいたって何の不思議もないんだった」

軽く握った左手を口元に持っていき、わずかに首を傾《かし》げてくすくすと笑う仕草は、昔とまったく変わらない。だが、薬指に光る指輪が違う。まあ、何とでかいダイヤなんだろう。新しい女房に買ってやったものよりも二回り、いや、それ以上は大きい。それに、ショウルームの明かりを受けて、まあよく光っていること。

「何か、こうしてると錯覚起こしそうになるよね。あれから十何年も時間が経《た》ってるなんて、嘘《うそ》みたい」

まさか、と笑い飛ばしたい衝動を、柔らかい笑顔で封じ込める。だてに営業マン人生を歩んできて、この営業所の所長まで仰《おお》せつかるようになったわけではない。それもこれも、彼女のお蔭《かげ》で。

彼女がどう感じようと知ったことではないが、こちらとしては今日までの十三年間、過ぎた年月を忘れることは絶対になかった。何しろ十三年前には、これで人生も終わりかと思い詰めるほどのどん底を味わったのだ。当時はまだ二十代の、言うなればチンピラに毛が生えた程度だった若造が、それこそ血の涙を流すような思いで日々を過ごし、そこから歯を食いしばって這《は》い上がるまで、どれほど時間がかかったことか。周囲に迷惑をかけたこともあったし、自棄《やけ》になりかけたこともあった。それでも年月と共に少しずつ自分を取り戻し、精神的にも立ち直って、ようやく不惑も過ぎた今、やっとまた新しく家庭を築くだけの勇気を得たのだ。それだけの年月を「嘘みたい」と笑っていられる女に、何が分かるものか。

彼女は二歳上だから、もう四十三になっているはずだった。これまでもメールや電話では時折やり取りをしてきたが、こうして久しぶりに会ってみると、まず、今の女房との違いを一番に感じた。まったく、真逆なタイプなのだ。そして今、女房のお蔭で得られている安らぎは、この女からは絶対に得られなかったのだということも、今になってみればよく理解出来る。つまり、別れて正解だったということだ。あのときはあんなに落ち込んだが。

「十三年なんて、あっという間だよね」

四十を過ぎたら自分の顔に責任を持たなければならなくなるのは、何も男に限った話ではないということが、彼女を見ているとつくづく感じられた。いくらあれこれ塗りつけたり引っ張ったりしてみても、女の顔にだって出るものは出る。彼女の顔からは、そうして積み重ねてきた人生というものが、まったく感じられなかった。ここまで見た目の美しさだけにこだわる、それ以外は何もない女だとは、さすがに若い頃は気がつかなかったが。

「でもホント、ここは懐《なつ》かしいわ」

彼女が呟いた時、外からショウルームを照らしている照明が落ちた。常日頃から、終業時間が来たらすぐに消していいと言ってある。大体この営業所には、いわゆる飛び込みというのか、一見《いちげん》のお客さまはまず来ない。お得意様ならアポなしで現れるなどということも滅多にない。平日の終業間際ともなればなおさらだ。もしもこういう時間しか都合がつかないというお得意様がいらしたら、担当の営業マンがどこへでも出向いていくことになっている。何しろ、三百万、四百万は当たり前、六、七百万円台から一千万超えが相場の高級外車を乗り回そうという人たちだ。

「前にもこうやって迎えに来てさ、仕事が終わるの待ってたこと、よくあったよね」

覚えている。けれど「そうだね」などと応《こた》えようものなら、まるで今でも未練を持ち続けていると誤解されそうだから、とぼけることにした。すると彼女は呆《あき》れたように眉を大きく動かす。額が微妙に波打った。

「いやだなあ、覚えてないわけ？　特に、まだメカニックにいた頃なんて、ここでずい分待っててあげたこと、あったじゃん」

「――そんなこと、あったかな」

「ひどい奴《やつ》――だけど、まあ、あの頃から考えたら、想像つかないよね。こんなにスーツが似合う男になっちゃうなんてさ」

お前がそれを望んだんじゃないか。今さら、そんな過ぎた話をしに来たわけでもないんだろうと言う代わりに、つい一度、背筋を伸ばして大きく深呼吸をした。それを合図のように、今度はショウルーム内のダウンライトが何カ所か消されて、展示してある商品だけが、薄明かりの中に浮かび上がるような格好になった。あれ、と小さく呟いて、彼女はテーブルの片隅に置いた携帯電話に目を落とす。

「やばっ、終わるね、もう」

カップに残っていたハーブティーをもう一口飲んで、彼女は一度、小さく肩を上下させてから「あのね」とようやく目を伏せた。自分の中で適当な言葉を探しているらしい彼女を眺めながら、頭の中では今日の昼過ぎに送られてきた二通のメールを思い出していた。一通は彼から、そして次には女房からの定期健診の結果報告。お腹《なか》の子は順調だそうだが、女房自身の血圧が高いと言われたのだそうだ。我慢強い性格だから、あまり口に出しては言わないが、最近は腰が痛んだり、足も浮腫《むく》んできたと言うことがある。だから今日は、病院に付き添ってやれなかった分、ケーキでも買って帰ってやりたいと思っているところだった。

「ねえ、ちょっと場所を変えて話さない？　ここじゃあ、アレ、ちょっともう、お邪魔みたいだから」

視線を事務所の方に投げかけて、彼女は声をひそめる。それくらいは気がつくようになったらしいが、それにしてもタイミングが悪い女だ。

女房からのメールよりも先に来た彼からのメールには、近々、彼女から連絡が行くと思うから、その際はよろしく頼むといったことが書かれていた。それが、まさか今日、しかもじかにやってくるなどとは思わなかったから、いかにも気軽に「了解です」と返してしまったではないか。まったく。

「ねえ、そうしよう。さっきから何か、妙に見られてる感じもするし」

こうなったら出来るだけ短時間で済ませるしか、しようがなかった。いつも寄るケーキ店は、果たして何時頃まで開いているのだったろうかと考えながら、取りあえずは頷いて腰を上げた。

2

型は少し前のものになるが、ひと目見て丁寧に扱われ、よく手入れされていると分かるベンツが営業所の前に横付けされたのは、それから二週間ほどした頃のことだ。

「いつものところに駐《と》めてもらって構いませんから」

ハンドルを握ってきた彼に声をかけ、慌《あわ》ただしく帰り支度をして、女房にも電話を入れる。携帯電話の向こうから、女房のおっとりとした声が「あんまり呑《の》みすぎないでね」と聞こえた。

「その人と呑むと、いつも大酔っ払いで、次の日だって辛《つら》いんだから」

そういえば前回、彼と会ったのは、女房の妊娠が分かった直後だったのだなと思い出した。悪阻《つわり》の女房の背中をさすってやりながら、こちらも胃がむかついて、吐き気を堪《こら》えた記憶がある。年に一、二度しか会わない相手だが、それでも年月を経れば積もり積もって回数も増えるのが道理だし、いつの頃からか、向こうから連絡がないときにはこちらから「たまにはどうですか」などと声をかける間柄になった。彼の方も心得たもので、会いに来るときには必ず車を置いていくが、翌朝こちらが出社する時刻には、ベンツは常に立ち去っている。

「例の件ね、原因が分かったよ」

会えばいつも寄るのが暗黙の了解のようになった小料理屋に落ち着いて、多少の雑談を交わした後、彼の方が本題に入った。

「ボトックスの、注射を打ちに行きたかったらしいんだ」

彼は手酌で注いだ燗酒《かんざけ》を一口呑んでから、ふう、と大きく息を吐き出した。

「ボトックスって——」

「知らないかな。シワ取り注射。あの翌日、すぐに行ってきた」

「聞いたことはありますけど。そういうのって、効果は、どうなんです」

「まあ——それなりの効果はあるんだろうとは、思うよ。気がついたろう？　眉間《みけん》の皺《しわ》。あれが、また消えたから」

「気がついたことはつきましたけど——そんなに目立つようなものですか」

「本当は、もっと、くっきりとね、深い皺だったんだ。目尻《めじり》もね。ボトックスのお蔭で消えてたのが、また出始めたから、急いで行かなきゃと思ったんだな」

「そんな注射、いつからやってるんです？」

「いつだったかなあ。変な美容整形手術なんか受けられるよりはマシだと思って、軽い気持ちで『行ってこいよ』なんて応えたんだ。ところが後になって分かったんだが、あれは一回注射したら、それで終わりっていうものじゃないっていうじゃないか。何カ月かしたら効き目がなくなるんだと」

「へえ、そうなんですか」

「だから、一度始めたら半年ごとかな、とにかく定期的に打ち続けにゃならんのだそうだ」

「一生、ですか」

「まあ、本人が諦めるまで、かな」

あの日、彼女は場所を変えるなり「五万円貸して」と切り出してきた。その時の、意外なほど思い詰めた顔を見たら、さては生活に困っているのだろうかと勘繰ったところかも知れない。だが、彼からのメールには「もしも金の話なら、立て替えておいてくれれば後から自分が支払う」とも書かれていたから、慌てずにいられた。

「一回につき五万円の注射ねえ」

「金額はね、注射する箇所と、注射の本数によって変わってくるらしいんだ。それに、日が経って効果が薄れてきたと思ったら、すぐに行った方がいいんだそうなんだな。皺が完全に戻っちゃう前に。それをぼくが『急に言われたって、そんなに自由になる金はない』って言ったもんだから、もう待ちきれなくて、君の所に飛んでいったんだろう」

「そういうことだったんですか——もともと堪え性がない性格だったもんなあ」

「ぼくだって、打出の小槌《こづち》を持ってるわけじゃないしさ」

「そりゃ、そうですよね」

「いくら普通の月給取りとは違うって言ったって、手元不如意《ふにょい》なこともあるさ」

「だけど、だからってどうしていきなりぼくの名前が出るんですかね。ぼくなんかしがないサラリーマンで、もっと金なんかないって分かってるだろうに」

「まあ、一つには気にはなってたんだろう。君から送られた年賀状を見て、かなり驚いてたから」

ああ、そういうことかと合点がいった。

「よかったよ、ぼくもホッとした」

「ひょっとして、ずっと責任でも感じてたとか？」

「そりゃあ、そうさ」

そう言われると悪い気はしない。自分としてはもう完全に許している。だからこそ、こうしてつきあえていると思う。

「可愛《かわい》い奥さんじゃないか」

「そうですか？」

他の連中がそういうことをすると腹立たしく思っていたくせに、今年の年賀状には、女房との新婚旅行先でのスナップ写真をプリントした。さらに、これまでは彼女に年賀状など出したこともなかったのが、これで自分もようやく人並みになったということを知らせたくなって、つい出したのだ。

「うちのは、ショックを受けたんだろうな」

手酌で酒を注ぎながら、彼は口元を微《かす》かに歪《ゆが》める。

「君が、まさか他の女と一緒になるとは思っていなかったんだろうと思うよ。元の鞘《さや》に収まれるとまでは思っていなくてもさ」

「まさか。そんな勝手な話、ありますか」

「あれはそういう女だよ。実を言うと、これまでだって喧嘩《けんか》になるたびに、君の名前を出すことがあったんだ。『私のためなら、どんなことでもしてくれたのは結局、彼だけだわ』とか何とかさ」

初耳だった。一瞬、こそばゆいような嬉しいような気がしたが、よく考えてみると、とてつもなく甘く見られていたのだという気もしてくる。

「とにかく、すまなかったね」

あ、そうだ、と言いながら、彼は上着の内ポケットから封筒を取り出して、カウンターの上をすっと滑らせる。軽く会釈《えしやく》を返して封筒を受け取りながら、何とも言えず複雑な気持ちになった。本当は「いいですよ、これくらい」と言ってみたい気もするのだ。だが正直なところ、マンションと車のローンがある上に、出産前の女房を抱えている一介のサラリーマンにとって、五万円は決して小さい金額ではない。それに第一、出してやる筋合いのものでもない。と、思う。多分。

「まったくなあ」

彼は、空いた猪口《ちよこ》に酒を注ぎながら、またため息をついている。少しばかり背中が丸くなっただろうか。いや、まだそんな歳《とし》でもないはずだ。それでも、こちらから見えている横顔は、顎《あご》のラインも皮膚のたるみも、そして鬢《びん》の白さも、彼が既に還暦を過ぎたことを如実に物語っていた。初めて会った当時は、自信と精力が漲《みなぎ》っている印象だったが。やはり、彼の上にも十三年という年月が流れたのだ。

「好《い》い加減どこかで、自分も歳を重ねていくんだっていうことを受け入れて、今の自分と折り合いをつけてくれないものかと思うんだがね」

「でも、まあ、あの歳にしては若々しい方ですよ」

「当たり前さ。それだけの金を注ぎ込んでるんだから」

「ぼくが亭主だったら到底、出来ないことでした」

視界の片隅で、彼がうん、うん、と頷いている。目の前に出されたつまみに箸《はし》をのばしている耳に「それが」という声が届いた。

「あれに分かってるかどうか」

「子どもでもいれば、また違っていたのかも知れませんよね」

すると彼は初めて思い出したように、こちらの子どものことを「もうそろそろかい」と聞いてきた。

「もうすぐ九カ月です」

「そうか。楽しみだなあ」

「この歳になってからの子ですからね。先々のことを考えたら、ただ喜んでもいられませんよ」

「この歳って。君、いくつになったの」

「四十一です。大厄ですよ」

「あれ、もうそんなになったか。あの頃は確かまだ——」

「二十八、でした」

彼は真正面を向き、カウンターに置いた猪口に手を添えたまま、ふうん、というように鼻から大きく息を吐き出した。

「若かったんだなあ。その歳で、よくあの女を引き受けていたもんだ。つくづく、敬服するよ」

親子ほど、とまでは言わないものの、二十以上も年長の彼から「敬服」などという言葉を使われると、また面映《おもは》ゆい気持ちになる。

「あの」

本当は、こんなことを尋ねていいものかどうか迷っていた。だが、この先も似たようなことがあっては正直なところ困る。さらに言えば、今の女房の耳におかしな形で彼女の話が入ってしまうのが何よりも怖ろしかった。だから今日は思い切って聞いてみようと、予《あらかじ》め心に決めていた。

「仕事の方、大変なんですか」

彼は穏やかに目を細める。目尻に寄る皺が、いい感じだ。出来れば二十年後、自分もこういう笑い方の出来る親父《おやじ》になっていたいものだと思う。会うたびに。

「このご時世だからなあ——ずっと右肩上がりっていうわけにもいかんさ」

「——それは、そうでしょうね」

「だからといって、今日明日にもどうにかなりそうだとか、そんな心配はまるでないと思ってるがね」

ただ、と彼はまた猪口を傾ける。ふう、という深いため息が、適度にざわめいている小料理屋の店内に広がっていった。

「さっきも言ったけど、所詮《しょせん》は小さな設計事務所だろう？　そうそう、あれにせがまれるたびに『はいよ』と気前よく現金を渡してやれるときばっかりでもないし、それじゃあどんぶり勘定になっちまう。第一、ぼく自身、そろそろ考えていることもあるもんだから」

「そろそろ？」

「リタイアのこととか」

ああ、そうか。自分にとってはまだまだ人ごとだが、この人にとっては、リタイアはもう目の前に迫ってきている現実なのだ。

「あと二年もすれば、前の女房に渡した家のローンと、それから子どもらの養育費もね、一段落する予定なんだ」

この十年以上のつきあいで彼という人を知るにつれ、おそらく以前の家庭においても、よき夫、よき父親だったのではないかという印象を持つようになった。むしろ真面目《まじめ》一本で技術畑を歩んできた男だからこそ、たまたま五十を前にして、つい魔が差したのではないだろうかと今は思っている。そして、本当は軽い浮気のつもりだったのではないかと。だが、それにしては相手が悪かった。

上昇志向の塊の、金を使うことが何よりも好きな女。見栄《みえ》っ張りで、着飾ることが生きがいの女。つまり、彼女だ。その結果、二つの家庭が壊れた。今となっては、こっちは新しい女房ももらって、それなりに充実した人生を歩んでいるつもりだが、果たして、彼の方は、どうなのだろう。残してきた家族への思いはないのか。棄《す》てられた妻と子たちは今、彼をどう思っていることか。

「息子さん二人とも、優秀なんだそうですね」

「そんな話、してたかい。あれが？」

「一人が医学部で、もう一人が司法試験を目指してるって。『子どもなんか生まなくて正解だったのよ。比較されちゃうところだった』とかって」

彼は、ふうん、と微かに笑う。

「まあ、もしも子どもが出来てたら、ぼくはどう考えたって七十過ぎまでは働き続けにゃならんかったろうからなあ」

「そんな心配はいらないんじゃないですか。財テクとかで、もう余裕綽々《しゃくしゃく》でしょう」

「そんなわけにはいかんさ」

彼は薄く笑って、それから「正直なところ」と、少し遠くを見る目つきになった。

「最近でさえ、もう疲れたと思うんだ」

そう言われると、彼の横顔は、確かに疲れて見えた。ふと、彼が初めて訪ねてきたときのことが蘇《よみがえ》る。彼女と一緒になって、まだ一年たつかたたないかの頃だったと思う。いきなり何の用だろうかと身構える目の前で、実は、彼女の扱いが難しくて何をどうしたらいいのか分からないのだと、彼は途方に暮れた様子だった。

「今さら、君に返すなんていうことも、出来ない相談だろうしねえ」

当たり前じゃないですかと本気で怒鳴りそうになったものの、がっくりうなだれて、頭でも抱えそうになっている彼の話を聞いてやらないわけにもいかなかった。周囲にさんざん迷惑をかけ、人の家庭まで壊し、傷つけておきながら、そう簡単に別れることなど、世間的に考えても出来ることではない。だから、みっともない話だと分かっていながら、悩みに悩んだ末やってきたと、彼は言った。

「恥を忍んでやってきた——他に相談できる相手が思い浮かばなかったんだ」

それから、男同士のつきあいが始まった。そして、それとほぼ同時に、彼女の方からも電話がかかって来た。

「知り合いが外車を欲しがってるんだ。それで、ぱっと思い出したわけ。どう？　何だったら紹介しようと思うけど」

あれだけの修羅場を演じて、さんざん人を傷つけておきながら、謝罪のひと言すら口にする気配もなく、いかにもけろりとした調子の声を聞いたときに、ああ、これでは彼も苦労するだろうなと思ったものだ。何というか、その時点で彼に「勝った」ような、そんな気持ちを味わった気もした。

3

初めて彼女と出会ったときには、まだ学生だった。幼い頃からの車好きが高じて、大学に入るとすぐに体育会自動車部に所属していたこともあり、三年生になってそろそろ就職のことを真剣に考えなければいけなくなった頃、たまたま開催中だったモーターショウに自動車部OBの先輩を訪ねたことがある。そのとき、先輩が勤めるメーカーが雇っていたコンパニオンのうちの一人が彼女だった。

そのときは自動車部の仲間たちも一緒だったから、人が大勢いる賑《にぎ》やかな中で簡単に挨拶《あいさつ》を交わした程度だったが、その後彼女は先輩にくっついて自動車部が参加しているレースに顔を出したり、彼女がキャンギャルをしているイベントに誘ってくるようになった。

「あの頃ってさ、素っ気なくて本当に感じ悪かったよね。こっちが何を話しかけたって、返事もろくすっぽしないでさ」

つきあい始めた当時は、よくそんなことを言ってからかわれたものだ。だが実際はまったく逆だった。寝ても覚めても車のことしか頭になかったような野暮ったい貧乏学生にしてみれば、女の子と普通に話す機会すら滅多にないというのに、それがレースクイーンやコンパニオンなどといったら、まったく別世界の、それこそ雲の上の存在だった。ことに彼女が二つ歳上だと知ってからは、体育会系の体質もあってか、いよいよ緊張して口の利《き》き方も分からなくなったのだ。

だが彼女は、こちらが無愛想だろうと何だろうとまったくお構いなしだった。当時は先輩からただでもらい受けたポンコツ国産車を持っていると知られていたせいもあって、気が向けば毎日でも「迎えに来て」とか「送って」と電話をかけてきた。そうかと思えば一週間でも二週間でも、まったく梨《なし》のつぶてになる。微かに抱いていた淡い思いや期待は瞬《また》く間に萎《しぼ》み、やはり単なる気まぐれだったのかと諦めかけた頃、また電話が入る。真夜中に泥酔《でいすい》しての呼び出しなど当たり前、「ちょっと」と言われて新潟のスキー場まで送らされたり、男友達と喧嘩したからと泣きながら電話をかけてくることもあった。その都度、俺はお前のお抱え運転手かと内心で悪態をつきながら、結局のところは言われるがまま、まったく翻弄《ほんろう》されっ放しだった。

「ねえねえ、後でちょっと頼みたいことあるんだけどな」

「自分、今日はこれからバイトなんで」

「じゃあ、明日でもいいや」

「明日は別の約束があるんで」

「ちょっと、誰に向かって言ってるの！」

たまに意を決して素直に応じないと烈火のごとく怒るくせに、彼女は懲《こ》りもせずに、また連絡を寄越す。当時は「くそ」がつくほど真面目で不器用だった上に、彼女は常に彼氏がいるような口ぶりだったから、たとえどんなに隙《すき》があるように見えても、手出しのしようさえなかった。一方の彼女にしてみれば「こんなにイイ女」を前にして、いつまでも手を出してこないものだから、ホモなのかとも疑ったし、かえって意地になったのだと、それこそ離婚間際になってから言っていたことがある。あんなところで意地になんかなるんじゃなかった。つまんない男に引っかかって、つまんない遠回りしちゃったわ、と。

それでも、とにかく彼女とつき合うことになった。ずっと雲の上の存在だと思っていた彼女が酒臭い息を吐きながら、涙で化粧も流れ落ちた目ダヌキのような顔で「誰と一緒にいるといちばん安心するか、やっと分かった」と言ってもたれかかってきた晩に、人生は一変したのだ。そして、この女のためなら、一生をかけてもいいと思ってしまった。

「正直に言いなさいよね。私なんかより、車の方がいいんでしょう」

「まあね」

「嫌な感じ。車と、こんなこと出来ると思ってるの？」

ベッドの中でふざけ合いながら、そんなやり取りをしたこともある。どこにいても、何をするときも、主導権を握るのは常に彼女だった。そして当時は、それがひどく心地良かった。彼女の勝ち気さも、わがままも、気まぐれも、何もかもが可愛くてならなかった。

やがて本格的に就職活動が始まると、彼女はまず言った。

「いくら国産車が優秀でも、世界レベルで見て、どうなわけ？　他にいい車はないの？」

「そんなわけないに決まってるじゃないか」

「だったら、世界の一流に触れようと思わないわけ？　こう見えても私って仕事柄、色んな業界の、すごく偉い人たちもたくさん見てきてるわけよ。だから分かるんだ。いい？　一流を知らない男っていうのはねえ、結局は自分も一流にはなれないもんなんだよ。男なら一流にならなきゃ」

「べつに俺は車をいじっていられれば——」

「あっそう。そういう考えか。まあ、その辺のポンコツだって、田んぼの畦道《あぜみち》走ってるのだって、車は車だもんねえ」

彼女は「そういうのって、抱けるんならどんな女でもいいって言ってるのと同じなんだよ」と、いかにも不敵な顔でにやりと笑ったものだ。

「私が見込んだんだから、私にふさわしい男になってくんなきゃ困んだけどなあ。メカニックが好きなら好きで構わないから、その世界のてっぺん目指さなくて、どうすんのよ」

結果、それまで国産自動車メーカーへの就職を考えていたのが一転、輸入車ディーラーのメカニック部門への就職を考えることになった。幸い、歴史ある自動車部の先輩たちが各方面にいたお蔭で、めでたく現在の会社に就職出来たわけだが、すると社会人になって一年もたたないうちに、彼女は「メカニックなんて」と言い出した。

「結局、どこまで行ったって縁の下の力持ちじゃない。つまんない」

「何が」

「その気になれば、色んな業界の一流の人たちと知り合える会社にいながら、日がな一日、車の下に潜り込んでるだけだなんて、馬鹿みたいだと思わないわけ？」

「馬鹿で結構なんだよ、メカニック馬鹿で」

「あっそう、つまり、ただの油まみれの機械屋で終わって満足なわけね？　そんな男と、私が釣り合うと思う？　そんな馬鹿男と一緒にいなきゃならない理由なんて、私にはぜーんぜん、思い浮かばないけどね」

「そんなこと言ったって――」

「もっとさあ、こう、でっかい夢を持てないかなあ！　いくらメカが好きだって、たとえば外車に触るんだって、メンテナンスそのものはあんたたちみたいな連中にさせて、自分はハンドル握るだけの成功者っていうのが、この世の中にはうじゃうじゃいるじゃないよ。場合によっては三台でも五台でも、好きな車を買い揃《そろ》えて」

折しも世の中は起業ブームだった。年齢や経験に関係なく、アイデアと度胸とで、瞬く間に大金を稼ぎ出す連中が続々と現れていた。彼女は、そういう男こそが自分にふさわしいのだと鼻息も荒く言ってのけた。

「いい？　たとえ成金と言われようとなんだろうと、結局は儲《もう》けたものが勝つのよ。今、そういう人たちとじかに話せる職場にいるわけでしょう、ねえ？　そこでコネでも何でも作って、自分なりの夢さえ持てれば、全然ちがう世界が開けるかも知れないじゃん！」

当時、彼女は既に二十五歳になっていた。それくらいの年齢になると、コンパニオンやキャンペーンガールとしてはピークを過ぎて、仕事も次第に減っていくものらしい。彼女も、イベントの度に必ず呼ばれていた企業からは次第に声がかからなくなり、代わりに頭数だけ揃えれば事足りるような安い仕事が増えていた。現場でも二十歳そこそこの小娘に「おばさん」と陰口を叩《たた》かれたと、帰ってきてから地団駄を踏んで悔しがることがあった。

「ブスで寸胴で短足でも、ただ若けりゃイイっていうんだから、まったく、雇う方も雇う方だよ。そんなの完全なセクハラじゃないっ。馬鹿馬鹿しくて、やってらんないっていうの！」

若さと美貌《びぼう》だけを売りものにしてきた女が下り坂に差しかかったとき、多少なりとも別の野心があれば水商売の道に入るとか、頭を使う方法を考えるが、そういうことも考えたくない場合は、取りあえず結婚を意識するらしい。そして、彼女もまた、真っ先に結婚することが賢明だと結論を下すタイプだった。何よりも、そんな彼女に喜んで支配され、従おうとする男が一人、ちょうどおあつらえ向きに目の前にいたからだ。だが当時は、そんなことにはまるで気づかなかった。彼女があれこれと口出しをしてきたり、やたらと尻を叩くのは、すべて愛情の証《あか》しだと信じ切っていた。

折しも勤務先の上司からも、営業に移ってみる気はないかという打診があった。メカニック部門の社員としては少しばかり毛色の違う経済学部出身であることや、適性検査の結果などを考慮した上だということだった。そうしてまたもや、人生は大きく方向転換することになった。

最初の一年間は、とにかく無我夢中だった。それまでは職人気質《かたぎ》たっぷりのメカニック部門で、好きなだけ機械に向き合っていればよかったものが、いきなりつなぎを脱いで一日中スーツに革靴で過ごす日々になったのだ。身だしなみにも言葉遣いにも常に気を配らなければならない。暇さえあれば営業マニュアルを覚え、先輩について得意先回りをする。いざお客さまと会えば、その人の仕事内容から始まって、年収、経歴、家族構成、趣味、性格、ドライビングテクニックに至るまで、可能な限りを把握しなければならなかった。その上に、彼女の存在だ。たとえどれほど疲れていても、せめて休みの日くらいは思い切り寝ていたいと頼んでも、彼女は絶対に承知してくれなかった。

「約束破るんなら、別れるからね」

今にして思えば、ああしてむち打たれるように過ごした日々が、心身を共に鍛えてくれた。そういう意味では感謝すべきだ。その甲斐《かい》もあってか営業成績は少しずつ伸び始めた。待ってましたとばかりに、彼女は指輪が欲しいと言った。そして、彼女からせがまれるまま精一杯に無理をして、給料三カ月分プラス歩合給分くらいの婚約指輪を有名店で買い求め、翌年には親に借金をして結婚。それを機に、彼女は所属していたモデル事務所を辞めて、今度は人材バンクに登録し、派遣社員として働くことになった。

「これで、どんなに寒いときでも水着姿になって笑って見せたり、ヒールの高すぎるパンプスで捻挫《ねんざ》しそうになる日々ともお別れだわ！」

左手に指輪を輝かせて、彼女は実にサバサバした顔をしていたものだ。

いざ一緒に暮らすようになると、彼女が炊事はおろか洗濯、掃除にいたるまで、すべての家事を苦手としていることが分かった。いや、苦手などという以前に、大嫌いなのだと本人が開き直った。共働きなのだから、二人で家事を分担するというのなら、まだ分かる。だが、すべてを押しつけられるのはさすがに辛かった。

「そんなことで、子どもが出来たらどうするんだよ」

疲れて帰って、ベランダに干された洗濯物さえ取り込まれていないことが分かった晩など、思わず声を荒らげることもあったが、その度に彼女は、子どもが出来れば出来たで自然に家事などこなせるようになるものだと澄ました顔をしていた。

「それに、もうしばらくは子どもはいらないわ。三十歳くらいまではDINKSで、二人の時を楽しもうよ、ね？」

あの頃はまさか、その三十歳を前にして離婚を言い渡されるなどとは夢にも思わなかった。

「だって、好きな人が出来ちゃったんだもん」

相手は、彼女が受付嬢として派遣されていた大手ゼネコンで技術部の部長をしているという男、つまり、彼だった。

「何て言ったらいいかな——本当、こんなこと頼めた義理じゃないって分かってるんだけど」

小洒落《こじゃれ》た雰囲気のバルに落ち着くと、生ビールのグラスを触れ合わせた後、彼女は一瞬、口元にきゅっと力を入れ、いかにもうんざりした様子で肩を落とした。

「それに、赤ちゃんだって産まれた後だし、ねえ、そんなに——」

「なに。また、金のこと？」

俯《うつむ》きがちのまま、彼女はもじもじと自分の手を弄《もてあそ》ぶようにしている。そういう仕草も表情も、かつて何度となく見せられてきたものだ。そうして常に何かをねだられ、その都度途方に暮れ、それでも最後には、いつも「分かったよ」と言ってしまっていた。今にして思うと魔法にでもかかっていたような気がする。お蔭で離婚した後も何年間かは、月々の返済に追われた。

「なあ、一つ聞いていいか」

小首を傾げて、いかにも殊勝な面持ちでこちらを見る彼女の眉間には、またもやうっすらと縦皺が寄っていた。どうやらまたそろそろ、ボトックスの効果が消えつつあるようだ。

「ダンナは、どうしてるの」

途端に、彼女の眉《まゆ》がぴりっと動いた。にわかに険のある顔になり、口元には、さらに力が入る。おお、怖い。そんな顔ばかりしているから皺が増えるのだ。

「あの人がちゃんとしてくれてたら、こんなにみっともないこと、頼むと思う？」

「だって、一部上場企業のエリートで、高給取りなんじゃないのか？　マンションだって一等地の億ションだし、車だって確かベンツの——」

わざと、知らん顔して言ってみた。彼女は、元の亭主と今の亭主とが互いに連絡を取り合っているなどとは、露ほども知らないのだ。すると彼女は、いかにもつまらなそうな顔になって「車なんて」と口をへの字に曲げる。

「みっともなくて、とてもじゃないけど人さまになんて聞かせられないんだけどさ——本当のこと言っちゃうとねえ、もう何年も買い換えてないんだよね」

頻繁に買い換えればいいというものではない。第一、彼があのベンツをどれほど愛し、丁寧に乗っているかということくらい、ひと目見れば分かる。同じ車好きとして、こんなに嬉しいことはないし、好きだと思うものをひたすら大切にして、愛情を注ぎ続けるということがどれほど素晴らしいか、彼女には、そんなことも分からないのだろうか。

「それに、マンションだってさ」

だが、こちらの思惑など関係なく、彼女はさらにつまらなそうな顔つきになった。

「――売りに出そうかとかって」

「それは――もっとイイヤツに買い換えるとか、じゃないのか？」

「まさか。そんなわけないに決まってる。だって、維持費がかかりすぎるとかって言ってたもん」

またもや眉間にすっと細い皺が寄った。

それにしても怖い顔になるものだ。もともとモデルだったくらいだから目鼻立ちは平均以上に整っているが、女にしては全体のバランスの中で鼻が大きい方だから、いくらシワ取りに精を出していても、こうしていかにも不満げな顔つきになると、若作りした魔法使いの婆《ばあ》さんみたいに見える。ふと、その横顔に疲労と諦観《ていかん》を漂わせていた彼の顔が思い浮かんだ。彼女より十九も年上の彼が「怖いんだよ」と言っていたのは、きっと、この顔をされるときのことなのだろう。少なくとも、自分と暮らしていたときには気づかなかった。つまり、それだけ若かった。

「その上、この前なんか『もう少し田舎で暮らそうか』とか言っちゃって。冗談きついったら、ありゃしない」

そういえばこの前会ったときには、彼はリタイア後のことを考えていると言っていた。だが、東京が大好きな彼女にしてみれば、それだけでも辛抱できないのだろう。

バルには陽気な音楽がかかっていた。二、三十代の若いサラリーマンたちが、安いワインと料理でひとしきり騒いでいくタイプの店らしい。賑やかな店内を眺め回しながら、彼女はふいに「ガキばっか」と呟《つぶや》いた。

「まったく。いいわよねえ、お気楽で。自分たちがそのうち歳を取るなんて、想像も出来ないんだろうな」

テーブルに置かれたキャンドルの炎が、彼女の顔を下から照らすから、余計に魔女らしく見える。つくづく、この女とずっと一緒にいなくて正解だったと思った。同時に、彼には同情を禁じ得ないところだ。

「本当のこと言うと、うちのダンナさんね」

こちらに向き直り、頬杖《ほおづえ》をついて、彼女はまた目を伏せた。

「——独立したんだ。私と一緒になって間もなく」

もちろん知っている。彼女の執拗《しつよう》かつ強引なすすめがあったからだそうだ。もともとは大手ゼネコンの技術者として、それなりのポジションにもついて、それこそ日本のみならず海外でもやりがいのある仕事をこなしてきた彼に「男なら一国一城の主《あるじ》にならなくてどうするの」と、彼女はさんざん尻を叩いたのだという。その話を聞いたとき、つい笑いそうになったことをよく覚えている。おそらくあのとき、最初に親近感を覚えたのだ。何だ、同じ目に遭ってるんですね、と。

「辞めたりなんか、しなけりゃよかったのよね」

タコのマリネをフォークの先で突《つつ》きながら、彼女は勝手なことを言っている。

「調子がよかったのなんて、本当、最初の何年かだけだったなあ」

「――うまくいってないわけ？」

「ほら、サブプライム何とかっていうのがあったじゃない？　そこで結構、あおりを受けたとか言ってたかな。昔みたいな大口の依頼はすっかり減っちゃって、近ごろじゃあ、下手すると個人の家とか、その辺のちっぽけなマンションとか、そんなものの設計まで引き受けてるみたい」

それでもリーマン・ショック以降の不景気を乗り切ったのだから大したものだということが、彼女には分からない。それも、顔の皺を取るだけで一年に十万円以上も使う女房を抱えて。実際、今の彼女は月々いくらくらい、自分の小遣いとして使っているのだろうか。頭の先から足の先まで、月々の維持費はどれくらいだろう。想像するのも怖《おそ》ろしい。

「近ごろじゃ見た目まで老《ふ》け込んできたしねえ、何となく、しょぼくれた感じになっちゃって」

嫌んなっちゃう、という最後のひと言を、彼女はまるで目の前に彼自身がいるかのように、しかも汚いものでも見るような表情で言い捨てた。仕方がないではないか、もともと二十歳近くも上なのだから、先に老けるに決まっている。それでも、断じて情けなくなど見えなかった。彼自身は「零細企業の親父」と謙遜《けんそん》していたが、今も彼女にそれなりの贅沢《ぜいたく》をさせるだけのことを、立派にやっている。男同士の目から見て、あんな風に還暦を迎えられたらいいと思うほどの男だ。それが、どうして彼女には分からないのだろう。

「——それで、今日はいくら必要なの」

説教したところで通じるような相手ではない。さっき、彼女が営業所に現れた時点で、彼にはメールを送っておいた。要するにまた、彼が金を返しにやってくることになるのだろう。ご苦労なことだ。

「五十万もあれば——」

ところが、彼女が口にした金額があまりにも大きかったので、思わず「五十万？」

と目をむいたまま、絶句してしまった。いくら立て替えるだけだって、そんなには無理だ。ふざけんなと口走りそうになったこちらの顔色を素早く読み取ったのか、彼女は「あ、あ」と慌てたように顔の前で小さく手を振る。

「何だったら四十でも、ううん、三十でもいいんだ」

彼女は精一杯に殊勝な面持ちを保ち続けながら、ちらり、ちらりとこちらを見ている。そうか、要するに彼女には金銭感覚そのものが備わっていないか、またはずれまくっているのだ。五十万もの金を「よし分かった」と簡単に工面できる男が、今の世の中にどれくらいいるものかなんて、まるで理解出来ていない。もしも、今も彼女が自分の女房だったら、果たしてどんな人生になっていただろうかと考えるとぞっとする。代わりに今、彼女を背負いこんでいる彼が、有り難いやら気の毒やらで、何とも言えない気持ちになった。

「ねえ、あのさ」

「——うん」

「もう一杯飲んでいいかな」

「それくらい構わないけど——」

実は昨晩、娘が夜中にけいれんを起こした。結局のところは大泣きしたせいで、深刻なものでも何でもないと分かったから胸を撫《な》で下ろしたが、昨晩は救急病院に駆け込んだりして、くたくただった。ただでさえ夜泣きの多い子だから、女房も疲れとストレスの両方がたまっている。だから、仕事でやむを得ない日以外は、出来ることなら早く帰ってやりたかった。つい腕時計に目を落としかけたとき、「それとも」と彼女が身を乗り出してきた。大きく開いたカットソーから胸の谷間がのぞいた。

「もうちょっと別な場所に、行こうか？」

一体、何を考えているんだと言いたい気持ちと、「もしかして」という、不安なのか期待なのか分からない気持ちが奇妙に絡《から》まり合って、一瞬のうちに頭の中が混乱した。だが、その手にはのらない。彼のことだって、裏切れるものではない。

「今日は、早く帰りたいんだ」

「なあに、それ」

「ちょっと、娘の調子が悪いもんで」

すると彼女は「娘だって！」と、今にも噴き出しそうな顔をして、それからつけまつげの目を大きく見開いた。

「まだ生まれて間もないんじゃないの」

「じゃあ他に、何て呼ぶんだよ」

彼女は一瞬きょとんとした表情になり、それから自分なりに懸命に考えを巡らしているように「娘ねえ」と繰り返している。

「そりゃ、そうか。娘ね。小さくてもね。でもさあ、ねえ、ちょっと」

「だから、なに」

「だったら、もう、白状しちゃうけど。私、本当はね——」

あなたのところに戻ってもいいかなあと思ってたのにな、と囁《ささや》きに近い声で言われた途端、今度こそ頭だか胸だか分からないが、とにかくどこかを、どん、と突き飛ばされたように感じた。こういうのを、焼きが回ったというのだろうか。意味深な表情で微笑《ほほえ》む彼女が、痛々しくさえ見える。

それにしても、彼は知っているのだろうか。たとえ冗談にせよ、こんなことを口走る女だということを。または、こういう気持ちになっているということを。

「——それで、その五十万っていうのは、何に必要なの」

こうなったら早く話を切り上げるに限る。何も聞かなかったふりをして、澄ました顔で改めて尋ねると、彼女はまたもや拍子抜けした顔になり、それから我に返ったように、実は整体治療を受けたいのだと言った。

「整体？　なに、どっか悪いの」

彼からは特段、何も聞いていない。むしろ健康そのものだと聞いた気がする。うーん、と言い淀《よど》む元妻を眺めながら、それにしても整体で五十万というのはあまりにも高額というか、ほとんど法外ではないかという気がしてきた。ぎっくり腰をやったときにかかった整体は、確か一回の治療費が五千円程度だった。ひょっとすると整体は方便で、何かべつなことに使いたいのではないだろうか、たとえば美容整形か何かに。

「本当はね、八十万かかるんだ」

「——何だよ、それ。整体なんだろう？」

「でも、三十万くらいまでは自分で何とか出来そうかなあと思うから。それで、足りない分だけでも頼めないかなあって」

「八十万て——どこの、どんな整体なんだ」

呆《あき》れている間に、彼女は「あのね」と、にわかに瞳《ひとみ》を輝かせて身を乗り出してくる。また胸の谷間が丸見えだ。誰と会うときにもこんな格好をするのだろうか。

「とにかく、と、に、か、く、すごいんだって」

「だから、何が」

「たった一回の施術で、この辺りのたるみも全部すっきり取れちゃうし、それどころか、ぎゅんって小顔になるんだっていうの。もちろん個人差はあるらしいけどね、ま、ち、が、い、な、く、五歳から十歳は若返るって！」

　何だ、また顔のことか。一体、彼女は自分がいくつに見られたいのだろうか。そこまでして若返る必要がどこにあるのか、まるで理解出来ない。だが彼女は、何が何でも五十万を引き出してみせるという、異様なほどの執念を瞳に漲らせ、それからも女優の某《なにがし》が急に若返ったとは思わないかとか、コマーシャルに出ているタレントの某が、このところ小顔になったことに気づかないかとか、次々に具体的な名前を出してみせた。それでもこちらが腕組みをしたまま返事をせずにいると、やがて今度は拗《す》ねた顔つきになって「だってね」としなを作る。

「モデル時代に私と張り合ってた子、覚えてない？」

「知らないよ」

「もう、覚えてないかなあ。あの女まで、受けたっていうんだもん」

「その女、今、何してんの」

「手タレ。ねえ、分かる？　手しか映らない女まで、受けてるんだよ！」

「だからって君は、これからまたモデルにでもなるわけ？　手タレだろうと何だろうと、そういう仕事につくわけ？」

「――分からないじゃない？」

「分からないって？」

「周りが放っておかないかも知れないもん」

ふいに口をへの字に曲げて、彼女は大きく息を吐き出した。それから、意を決したように、こちらを見る。

「私さあ——嫌なのよ、もう」

「何が」

「何もかも！　つまんないのっ！」

いかにも高そうなダイヤの指輪が輝くネイルアートきらきらの手をきつく握りしめて、彼女はきっと横を向き、「こんなの、嫌なの」と呟いた。

「私は、生きてるんだから。だからいつでもちゃんと、全身で生きてるって感じていたいんだから」

「——何を言っているのか、さっぱり分からないけどさ」

とにかく現実問題として、そんな大金を簡単に工面できるはずがないし、財布はすべて女房が握っているのだからと伝えると、彼女はまるで初対面の相手でも見るように、こちらの顔をしげしげと見つめてきた。その瞳には、これまでに見せたことのない、哀れみとも何ともつかない表情が浮かんでいた。

「それならいいわ」

低い声でそれだけ言うと、彼女はすっと席を立ち、「おさきに」とだけ言って、帰っていった。

5

テーブルに片肘《かたひじ》をついて一点を見つめたまま、彼はもうずい分と長い時間、口を開こうとしない。表情そのものは静かなままだから、果たして何を考えているのかが、まるで分からなかった。

まずは、五十万だの八十万だのという、その金額だけでも頭の痛い話に違いない。さらにそのことを彼自身にはひと言も相談せず、まず別れた亭主に言ってきたことが、彼の自尊心を傷つけている可能性もある。もちろん、こちらに粉をかけるような仕草を見せたことや、最後に言い捨てていった謎《なぞ》の台詞《せりふ》などに関しては聞かせていない。

「とにかく、すごい執念なんですね。それだけは、よく分かりました」

自分のグラスにビールを注ぎ、ついでに彼のグラスにも注ぎ足しながら、こちらから口を開いた。身じろぎ一つしなかった彼の手がやっとグラスを持つ。「まったくね」

というかすれた呟きが耳に届いた。そしてまた沈黙。

「いや——申し訳なかったね」

どれくらいそうしていたか、ようやく気持ちを切り替えるように、彼は軽く頭を下げる真似《まね》をした。

「実際、用立てられなかったわけですから。何のお役にも立てなくて」

こちらも会釈《えしゃく》を返す間に、彼はグラスを大きく傾けて、ビールをひと息に呑《の》み干し、ふう、と大きく息を吐き出した後で「八十万ねえ」と呟いた。

「しようがないなあ。だが、君以外の人の前でまで、恥をさらされちゃあ、余計たまらんからな」

「さすがだなあ。そんなふうに言えて、実際にぽんと出せるんですから。彼女は、その幸せに気がついてないんだよな。甘やかしすぎたんじゃないですか、少しばかり」

半ば冷やかすように、またはやっかみ半分に言ってやると、彼は「そうかも知らん」と、わずかに口元を歪《ゆが》める。

「だが、今度ばかりは、今までと同じというわけには、いかない」

彼は片方の手で、しきりに顎《あご》のあたりをさすり始めた。一点を見据えて、明らかに何ごとか考えを巡らしているらしい。日頃から彼と同世代かそれ以上の、しかも高額所得者のお得意様と接する機会が多いお蔭《かげ》で、こういう場合の間合いの取り方は心得ているつもりだ。下手に先回りして見当違いなことを言っては、気分を害される。最善の方策はただ一つ、待つことだ。

せっかく注文した刺身の盛り合わせが、ツマの端から乾いてしまいそうだった。互いの小皿にしょう油をたらして、少しずつ箸《はし》を動かすことにする。彼が考え事をしている間に、こちらもこちらで考えたいことは色々とあった。まず、今月の営業成績のこと、それから次回の営業所長会議のこと、本来は優秀なはずなのに、ここ数カ月ずっとノルマを果たせずにいる部下のこと、そうそう、それより何より今日、女性社員の一人から耳打ちされた深刻な問題があるではないか。何と、うちの職場内で不倫している二人がいるという。こんな問題が発覚して、下手に本社の耳にでも入ったら、それこそ厄介なことになる。

女の方は、どうでもいい。はっきり言ってよその営業所に行くことになろうと、会社に居づらくなろうと、知ったことではない。だが、男の方は手放したくない。性格的には色々と問題はあるものの、何しろ成績がいい。三十代にして全国の営業所総合トップセールスの座についたことさえあるくらいだ。

何と言っても、あの男の強みは甘いマスクと口のうまさだ。男性社員の間では「今ひとつ信用できない」「薄っぺら」「お調子者」などと、さんざん陰口を叩かれる奴《やつ》なのに、どうしたものだか女性の、しかも年上の女性には、やたらと可愛《かわい》がられる。彼がトップセールスを記録出来るのは、ことに何人かの女性固定客を摑《つか》んでいるからだ。彼女病院の院長夫人、死んだ亭主が遺《のこ》した健康食品会社を一部上場企業にまで育て上げたやり手の女社長、貸しビル業の会長、エステティックサロンの経営者などなど。

「もしも、だけどね」

ふいに彼が口を開いた。ゆっくりと考えをまとめるような表情で、まだ宙を見据えている。

「見事、若返るとするよね、あれが」

「八十万かけて」

「いや、これまでだってさんざん、かけてきているんだ。化粧品だって、それは高いものを使ってる上に、エステだろう、ヨガだろう、それから何とかダンスもやって」

「ついでに、ボトックスもですよね」

「それでまあ、あのくらいを保ってきているわけなんだが」

ようやく彼がこちらを見た。「そうやって若返った結果ね」と、わずかに声をひそめる。

「彼女は、どうしたいんだと思う？」

彼は、じっとこちらの瞳を覗《のぞ》き込んでくる。

「もしかすると、ぼくを捨てて、新しい男を見つける気なんじゃないだろうか」

ど、と言いかけて言葉に詰まった。どうでしょうね、とは言えない。まるで、この前の彼女の台詞を聞かれていたような気分になった。だが彼は冷静な上に、いつになく嬉《うれ》しそうな、いや、楽しそうな表情を瞳に浮かべている。

「――彼女なら、やりかねません、かね」

「君も、そう思うかい」

あのとき、彼女は言っていた。再び若さを手に入れたら、周りが放っておかないかも知れないと。それを待っている口ぶりだった。

「――あり得ないことでは、ないかも知れません」

彼は満足げに小さく笑う。そして、いかにも重大な秘密を明かそうとするかのように、さらに声をひそめた。

「ぼくが思うに、あれは、また恋をしたいんだろう」

そうか、「つまんない」と言っていたのは、それなのだ。さすがだ。見抜いている。昔はあれほど扱いに困っていたのに、だてに夫婦として暮らしてきたわけではない。

「それならいっそ、そうさせてやって、いいんじゃないだろうか」

彼は静かな表情のままで「その挙げ句」と続けた。

「いっそ向こうから、ぼくを棄《す》ててくれないかな。いや、そうして欲しい。そうさせたい。それしかない」

珍しく熱のこもった口調でまくし立てるように一気に繰り返して、彼はふっと視線を落とした。

「前にも言ったが、ぼくはもう疲れてるんだよな」

確かに疲れて見えた。ことに目の下のあたりに、それが強く出ている。

「だから、好《い》い加減に勘弁して欲しいと思っていたとしても、もうこっちから離婚話を持ち出す元気さえ、正直なところ残ってないんだ。君も分かると思うが、疲れるものじゃないか、離婚っていう奴は」

「それは、そうですが」

「本音を言えば、ぼくはもう一人になりたいんだよな。出来ることならあれに消えてもらいたい――だが、だからといって犯罪者になるわけにはいかんだろう？」

「犯罪者なんて。馬鹿《ばか》なこと言わないでくださいよ」

「いや、時々本気でそう思うことがあるくらいなんだ」

彼は刺身を一切れ口に運んだ後で、実は、昨晩の食事といったら自宅で宅配のピッツァだったのだと言った。

「分かるかい、この歳《とし》になってピザ屋に電話してさ。一生懸命に仕事をして、疲れて帰ってきた挙げ句に。それも一人で」

「——彼女は、どうしてるんです」

「十時過ぎかな、もうぼくが寝ようとしてた頃に、やっと帰ってきたよ。それで、晩飯はどうしたか聞くから、ピッツァを食べたと応《こた》えるとね、ぷうっと膨れっ面《つら》になって、こうのたまうわけだ。『私の分は』とね。べつに昨日に限ったことじゃない。それが当たり前なんだ」

初耳だった。確かに彼女は昔から家事が大嫌いだった。だが当時は共働きでもあったし、それまでモデルのようなことばかりしていたのだから、ある意味で仕方がないとも思っていた。けれど、あれから何年経《た》っていると思うのだ。第一、彼女は専業主婦ではないか。

「ぼくも悪かったんだ。君の言う通り、確かに甘やかしたとも思う。きれいでいてくれとも言ったしね」

だが、服は脱いだら脱ぎっぱなし。洗濯物も干したら干したまま、取り込んだら山積みのまま。ベッドメーキングなどした例《ためし》はなく、流し台にどれほど汚れた食器が重なっていても気にならない。「自分の子どもだと思って可愛がるから」と言って衝動買いしてきたトイプードルの「ルナ」の面倒さえ、ほとんどまったく見ていない。気が向いたときに散歩をさせる程度だそうだ。

「知らなかったな――ずっと、そんななんですか」

思えば、彼女の性格については、これまでにも会うたびに話をしてきたが、日々の暮らしなどに関しては聞いたことがなかった。そこまでひどいとは思わなかった。ことと次第によっては、自分が今、彼の立場に立たされていたかも知れない。

ビールから焼酎《しょうちゅう》に切り替えて、何杯か呑みすすめるうち、やがて、彼はつぶやいた。

「世間では歳の差婚がブームみたいなことを言ってるが、そんなもの、一概にいいものだなんて言えるはずがないじゃないか。要は相手次第だよ。金遣いのことだけじゃない。あれみたいに、毎日のように人の揚げ足とりみたいなことばかり言って、ちょっとのことで怒ったり泣いたりする女には、正直、もうつきあいきれんのだよ。もう、面倒くさいんだ。好い加減、勘弁して欲しいんだな」

彼は、出来ることならもうそろそろ、もっと静かに、のんびりと、穏やかに暮らしたいのだと語った。それが、そんなにも贅沢な望みだろうかと。

「だから、こうなったら自分磨きでも何でもさせてやって、彼女に夢中になるような男を、どっかからつかまえてこられないかなと思ってね。そうしてぼくを、思い切り棄てて欲しい」

「――前に、ぼくにそうしたみたいに、ですね」

考えてみればおかしな話だった。かつて自分の女房を寝取られた男が、寝取った男から「同じ目に遭いたい」と相談されているのだ。

「考えて、みますか。少し」

つい、そう言っていた。誓って言うが、彼らに復讐《ふくしゅう》したいとか、そんなことは露ほども思っていなかった。ただ彼と彼女とがそれぞれに望んでいる生き方を、奇妙な形で関わり合いを持ったものとして、かなえる手伝いをしてやりたいという、本当に純粋な気持ちだった。

6

彼女が泣き腫《は》らした目をして営業所に駆け込んできたのは、それから半年ほどした夕暮れ時のことだ。これまでとまったく違った彼女の様子に、ショウルーム奥にある事務所は騒然となった。

「絶対に何かあったんですよ！」

まず受付の女の子が駆け寄ってきて、そのくせ他のスタッフにも聞こえる声で報告をした。

「お茶をお出しして」

ショウルームは、営業マンにとっての華やかなステージだ。だから、裏でどんなに騒いでいようと、ステージに立つ前には別の顔にならなければならない。気持ちを落ち着けるために、わざと時間をかけて机の上を片付け、鏡の前に立って身だしなみをチェックして、きちんと感じのいい笑みを口元に浮かべてみてから、よし、と自分に気合いを入れる。全面ガラス張りの広々としたショウルームには、お客さま同士の会話が互いに気にならない程度に、それぞれテーブルを離して配置している。その一番奥、いつも来ると腰掛ける席に、彼女はいた。なるほど、遠目に見ても、いつもとは様子が違うようだ。髪もぼさぼさだし、第一、着ているものが地味というのか何というのか、普段とは違う意味でちぐはぐだ。

速すぎも遅すぎもしないテンポで、靴音を響かせて歩いて行くと、彼女がゆっくりこちらを向いた。その顔を見て、せっかく口元に浮かべていた笑みが凍りついた。その場で立ち止まらなかっただけでも上出来だ。

「いらっしゃいませ」

密《ひそ》かに深呼吸をして、椅子《いす》の背を引く。すると、こちらが腰掛けるか腰掛けないかのうちに、彼女が地獄の底から響いてくるような低い声で「私のこと」と口を開いた。同時に、眉を大きく動かし、額に皺《しわ》を寄せてこちらを見上げてくる。その形相に、今度は本気で息を呑んだ。

「そんなに恨んでたわけ？　ねえ、そんなに？　今まで、ずっと？」

一瞬、何のことだか分からなかった。とにかく落ち着け、と自分に言い聞かせながら静かに腰掛け、姿勢と共に呼吸を整える。その間も、彼女は食いつきそうな勢いでこちらを睨《にら》みつけている。

「何だい、藪《やぶ》から棒に。何があったんだか知らないが――」

腹の下に力を入れて、いつものように真正面から彼女を見た。それにしてもひどい顔だった。どれくらい泣いたのだろうか、目の周りの化粧が流れ落ちているせいで、文字通りパンダかタヌキ、いや、ゾンビか何かのようだ。落ちくぼんでいるくせに泣き腫らして妙な具合になってしまっている瞼《まぶた》に、つけまつげも何もなく、ただ赤く充血している目、しかも化粧品の流れ落ちた涙袋のあたりは青黒いときている。肌は不健康なほどに青白く、さらに唇はすっかり荒れて皮がむけていた。その顔で、彼女はこちらを睨みつけているのだ。

「ねえ、言いなさいよ。そんなに、私が憎い？　そんなに恨み続けてたわけ？」

彼も言っていた。こういう、主語が抜け落ちているようなヒステリックな喋《しゃべ》り方が嫌なのだと。まったく同感だ。いくら穏やかに話したいと思っても、一切受け付けない。感情にまかせて何を口走るか分からない。それを宥《なだ》めようとするだけで、どれだけのエネルギーを使うか分かったものではない。

「ねえったら！　何で黙ってるのっ！」

「落ち着けったら。ここは職場なんだから」

「だから、言いなさいってば！」

「分かったから。じゃあ、何でそんな風に思うんだ？　そんな今さら、誰を恨むなんていうことが――」

「そうじゃなかったら、どうしてうちのダンナとグルになんかなってんのよっ。どうして――どうして、私をこんな目に遭わせたり出来るの！」

しまった。バレたか。だが、良心の呵責《かしやく》など感じる必要はないはずだった。ただ彼と打ち合わせた通りにしただけのことだ。彼も彼女も、もう一度新たに生き直すチャンスが掴めるように。

「いつからなの」

「何が」

「だから、いつから、うちのダンナと連絡取り合ったりしてたの」

「君らが結婚した直後――一年くらいしてからかな」

そんなに、と呟いたきり絶句しているらしい彼女の、ハンカチを握りしめた手に、さらに力がこもったのが見て取れた。呼吸まで荒くなっているようだ。

「君は、今日はそのことを怒りにきたわけかい？　要するに、ぼくが君には内緒で、君のダンナと会ったりしてたことを？　そんなことは――」

「つまり、少なくとも十年以上も前から、あの人を知ってて、見てきてるってことになるよね？」

「まあ、年月にすればね」

「それだけの月日を見てきて、どうしてあの人のことが分からないわけ？」

「え――」

「あんたは立派なセールスマンなんじゃないの？　人を見る目をさんざん養ってきたんじゃなかったの？　だったらあの人の――あの人の狡《ずる》さや腹黒さや、あの人の怖さが、どうして分からないのよっ！」

彼女の目から、新たな涙が溢《あふ》れ始めた。何を言われているのかさっぱり分からない。呆気《あっけ》に取られている目の前で、彼女は一度思い切り鼻をかみ、そして、今日、彼から離婚を言い渡されたのだと言った。

「え――ええ？」

「理由は何だと思う？　私の裏切り、私の浮気ですってさ。それも、相手はここの、あんたの部下の、あの営業マンだって。それを、あんたが告げ口したんですってね」

「告げ口って――」

その言われ方は心外だ。彼と二人で打ち合わせしたことではないか。それに第一、本当にそういう関係になったんじゃないのかと言いかけたとき、彼女は再び「どうしてそうなるのよ」と、今度は全身から空気が漏れるような声で言った。

「私が、誰とだって？　あの若い子と？　馬鹿馬鹿しいにもほどがある」

今日、あの男はいるのかと聞かれたが、あいにく今日は得意先回りをしていた。そう説明すると、今にも椅子からずり落ちるのではないかと思うほど身体《からだ》を傾けたまま、彼女はいかにもうんざりしたように「じゃあ、いいわ」とこちらを指さしてきた。

「だったら、私から言うから、よく聞いてよね。向こうが、つまり、あんたの部下が、ほとんど色仕掛けみたいにしてきたことは、確かよ」

一瞬のうちに、顔がかっと熱くなった。同時に「しまった」という思いが駆けめぐる。安物を扱っているわけではない商売で、そんな噂《うわさ》が流れたら、それこそ命取りになる。

「あんな真似、よそでさせない方がいいわよ。あんたの管理責任を疑われるわ」

「それは――」

「とにかく。あんまり必死で、どうにかして新車を売りつけようとするし、その上にうちのダンナまでが、あんたの顔を立ててやれとかって言うから、しょうがなくて何回か会って話を聞いたり、見積もりも持ってこさせた。そ、れ、だ、け」

だが、あいつは彼女の好みのタイプのはずだった。それは、結婚前の男関係も知っているから分かっている。だからこそ、この計略を思いついたのだ。ひょっとして好みが変わったか？　どこかで計算間違いを起こしただろうか。

「もちろん、向こうは下心見え見えのこともさんざん言ったわよ、正直言って。だけど私は、浮気どころか、手も握らせてないからっ！」

黙って彼女の話を聞きながら、懸命に目まぐるしく考えるうち、それにしても少し話が妙だと気がついた。彼は「棄てられたい」と言ったのだ。もう疲れたから。静かに、穏やかに暮らしていきたいから。その彼が、どうして彼女を咎《とが》めるのだろうか。話が違う。一体どこで話がこんがらがったのだろう。自分自身に向かって「落ち着け」と繰り返しながら、一度、深呼吸をした。

「誤解なら、そう言えばいいだけのことなんじゃないのか？　ダンナが何て言ってこようと、君が何もしてないんなら」

「そうよ。だからさんざん言ってきた――そうしたら、どうなの。実は、あんたが考えたことだ、あんたが私を身ぐるみ剝《は》いで放り出せって言ったっていうことが分かったわけよ」

「ち、ちょっと待てよ」

「ねえ、はっきり言いなさいよ。私を恨んでないって言うんなら、どうしてこんな真似するの」

「身ぐるみ剝いで、なんて、言うわけがないじゃないか。俺はただ彼に相談されて、一緒に考えただけだ――それに、君だって言ってたじゃないか。こんな暮らしは嫌だ、つまんないって。だから、ここは元亭主として、君が再び自由にはばたけるようにしてやろうと」

彼女は泣き腫らした上に化粧の落ちた顔のまま、ぽかんとこちらを見ている。その、痛々しいほどの間抜けな顔を見つめ返しているうちに、本当に、何か取り返しのつかないことをしたような気になってきた。待て、待て、と頭の中で信号が灯《とも》る。何か変だ。どうしても。

「言ったわ——確かに」

「そ、そうだろう？　何十万だかする整体も受けて、若返ったら、周りが放っておかないかも知れないって」

「だって——」

虚《うつ》ろな表情の彼女の目から、またじくじくと涙が溢れ始めた。

「本当に、つまんないからよ——何をやったって、どんなに頑張ったって、あの人がちっとも振り向いてくれないから、そんならいっそって、思っただけよ！」

聞いていた話とあまりにも違う。彼になど、もう興味はないのだと思っていた。少なくとも、彼の口ぶりからしたら、そう思わずにいられなかったからだ。家事もせず、着飾ることばかりに熱心で、犬の散歩一つも満足に出来なくて。

「私はあの人に、もう一度こっちを向いて欲しかった。だから、お料理教室にも通ったし、掃除も、洗濯だって、出来ることは何でもやって——それでもあの人は、子どももいらないって言うし」

まさか、彼はそんな人では、と笑い飛ばしたかった気持ちが、まるで波間の木の葉のように揺さぶられて、もう沈みかけていた。子どもを望まなかったのは彼女の方ではなかったのか？　自分はこの十年あまりの年月、一体彼の何を見て、何を聞かされてきたのだろうか。

「とうとう、私に黙ってパイプカットまでしたんだからね。私があんなに子どもを欲しがってたことを知ってて！『これで思いっきり遊べる』とか言っちゃって、次から次へと若い女とばっかり遊んで。だから私、もう一度振り向いてもらえるようにならなきゃって思って、一生懸命にお洒落《しゃれ》して、頑張ってきたのに——その間、あんたはあの人の言うことだけ鵜《う》呑《の》みにして、二人して笑ってたんだよね、私のこと」

ついに嗚《お》咽《えつ》を洩《も》らし始めた彼女に、もうかける言葉が見つからなかった。一体、どこで間違ったのだろう。彼は、そんな男ではないはずだ。まさか。今でもそう思いたい自分がいる。

「あんたなんかに、あの人の怖さが分かるもんですか——いい？　あんたのことだって、あの人はずっと疑ってたんだから。いつか私とよりを戻すんじゃないかって。だから私はあの人の見てる前で、わざとあんたに電話したりメールも見えるようにしておいた。あんたが再婚したときの年賀状だって、わざわざ見せて」

もう、まともな判断が出来そうになかった。ただ、初めて彼が連絡をしてきた頃のことや、その後、年に数回ずつ会ってきたときの、彼の柔らかい物腰や、物分かりのよさそうな笑顔ばかりが、次から次へと思い出された。

そうか。要するに、見張ってたんだ。

いつの間にかショウルームの照明はほとんど落とされていた。宝石のように輝く高級外車だけが、光の中に浮かび上がって見える。さんざん泣いていた彼女は、やがて本当に泣き疲れたらしく、ほう、と深い息を吐き出して、鋳物《いもの》製の椅子の背にぐったりと身体をもたせかけた。テーブルにのせていた手までが、だらん、と下に落ちる。年齢も、下手をすると性別も分からない、まるでピエロみたいな顔になってしまった彼女の姿が、ウィンドウに映り込んでいた。

「私はただ、最初の頃の、あの頃の彼でいて欲しかっただけなのに。私なりに——頑張ったんだけどなあ」

そういえば彼女は昔も泣き虫だった。学生の頃、よく泣きながら電話をしてきて、迎えに行ったときのことを思い出す。理由のほとんど全部は、つき合っていた男と喧《けん》嘩《か》したとか、嘘《うそ》をつかれたとか、フラれたとか、そんなことばかりだった。あんなに泣き虫だった彼女が、自分に向かって「離婚して」と切り出してきたときだけは、涙の一つも浮かべなかった。

つまり。

本気で惚《ほ》れてたわけじゃなかったんだな。あの当時、彼女が言っていた「遠回りしちゃったわ」という台詞は、本心から出たものだったのだ。

「やっと分かった」

思わず口に出して言っていた。すると彼女は、まだ潤《うる》んだままの目でこちらをちらりと見て、ゆっくりと、力なく笑った。

「やっと？　馬鹿なんだねえ。まあ、そうだよね、一度は女房にした女より、その女房を寝取った男の方を信じるんだもんね」

「本当だな、すげえ馬鹿だ」

ただの自動車オタク、メカニック馬鹿でいればよかったものを。そのまま好きな車の下に潜り込んでいれば、やがて彼女からも飽きられただろうし、そうして今ごろは、どこかの国産メーカーで現場主任くらいにはなっていたかも知れないのに。それで満足していただろうに。

「思うように、なんねえな」

「本当だよ。何一つ。こんなはずじゃなかったのに」

外の幹線道路を行き交う車のライトばかりが、右へ左へと流れていく。川の流れもライトの流れも同じだ。進んでいくよりしようがない。

「顔、洗って来いよ」

ゆっくり立ち上がって、彼女を見る。ぐったりと背もたれに寄りかかっていた彼女は、力なくこちらを見上げてきた。

「その顔じゃ、出かけられない。これから作戦会議だ」

「——なんの」

「決まってんだろう？　俺のカミさんだったひとを、もう一度いい女に戻すための」

ぼんやりとこちらを見上げてくる彼女は、魔法使いの婆《ばあ》さんみたいにも、その一方では迷子になった子どものようにも見えた。もしかするとこれから先も、ずっとこんな形で関わり合っていくのだろうか。あの食わせ物の亭主とも。だが、まあ、それはそれで面白いのかも知れない。果たしてどこまで流れ着くものか、こうなったら行けるところまで行く。それだけを自分に言い聞かせていた。

# ピンポン

浅い眠りから目覚めると、瞼《まぶた》が完全に腫《は》れていた。頭にはぼんやりと靄《もや》がかかっているようで、何だか熱っぽい。窓から射《さ》し込む光の加減から、もう随分日が高いことが分かる。ああ、もう駄目。今日は一日、使いものにならない。

ワインの酔いも手伝って、あんまり泣いたものだから、どうしてこういうことになったのかも、はっきりと思い出せないくらいだ。だが、とにかく悲しみの余韻だけは今も胸一杯に広がっていた。

もしかすると、覚悟しなければならないかも知れない。これまでの月日を根こそぎ奪っていく、例の、あの混乱と、自分の周囲だけ時が止まったような、しん、とした孤独を迎え入れる覚悟。

――でも、まあ。

別に、これが初めてというわけではない。いつだって、何とか乗り切って来られたことだ。その都度、首をすくめ、身体《からだ》を丸く縮こまらせて、時が流れるのを待った。そして、新しい季節を迎える頃には、不思議なほどに背筋を伸ばして、何となくのんびりと大あくびなどしてきたのだ。独りの過ごし方だって、二十代の頃よりは随分上手になっている。

それにしても、今日が休日で良かった。こんな顔では出勤もままならなかった。若い後輩たちにうわべだけで気遣われ、給湯室の噂《うわさ》のタネになるなんて真っ平だ。

窓を開けると、冷たく乾いた風が鋭く吹き込んできた。その風にほんの一筋、年の瀬の気配、正月の匂《にお》いが含まれている気がする。

もう、子どもじゃない。クリスマスに独りだって、前ほど落ち込んだりしやしない。コーヒーでも淹《い》れようかと思ったが、結局ベッドに戻ってしまった。傷は、早く癒《いや》すに限るのだ。このまま布団《ふとん》を被《かぶ》って、身体を丸めて、にわか冬眠状態に入ってしまえば、嫌でも明日になる。

――私は今のままでいいのに。

寝返りを何度か繰り返し、身体も暖まると、自然に睡魔が襲ってくる。我ながら、大したものだ。昔なら悲しくて悲しくて、到底眠ることなど出来なかったはずなのに。

だから、きっと大丈夫。

いくらかうとうとしたとき、チャイムが鳴った。知らん顔を決め込むことにした。もう一度、ピンポン。絶対に出ないんだから。誰にも会わないんだから。ピンポンピンポンピンポン。しつこい。少しの静寂。やっと諦《あきら》めた？

ピンポンピンポンピンポンピンポン。

まだいた。まるで、居留守を使われてることに気付いてるみたいだ。速達？ 集金？ 宅配便？ もう。仕方なくベッドから抜け出して、抜き足差し足で玄関に行く。

「──どなた」

「僕」

ドア越しに聞こえてきたのは紛れもない、彼の声だった。息を呑《の》み、素早く髪に手をやりながら、周囲を見回す。ああ、駄目！ いつだって溌剌《はつらつ》と働いている女が、自由気ままに生活を楽しんでいる住まいにしては、あまりにもひどすぎる。しかも素顔で、目を泣き腫らして、その上パジャマのままだ。

「寒いよ、開けてくれよ」

仕方がなかった。のろのろとドアチェーンを外して鍵《かぎ》を開けると、冷たい風と一緒に、彼の固い顔が入ってきた。どうすれば良いのか分からないから、とにかく床を踏んでいる自分の素足を見つめていた。やがて、彼のため息が聞こえてきた。

「分かったよ」

「――何が」

「君が、一度だって僕を部屋に呼びたがらなくて、昨日の話も嫌だって言った理由」

昨夜、彼は一緒に暮らしたいと言った。その方が自然だろうと。彼女は、素早くリスクを計算した。家事の負担。束縛。仕事の制約。その上で、「無理よ」と答えた。それが喧嘩《けんか》の始まりだった。

「きれい好きだと思ってた。だって僕の部屋に来たときは、いつもきれいに掃除してくれるじゃないか」

当たり前だ。本当は片付けなんか苦手でも、良いところを見せたいに決まっている。だから、いつだって自分のことは後回しになった。その結果が、この有様だ。だからこそ、今以上のリスクは背負い込みたくないと思った。

彼は勝手に部屋に上がり込んだ。奥に行くに連れ、嘆息とも悲鳴ともつかない声を上げている。だめ押しのつもりか、好奇心か。

「普通の男は呆《あき》れるよな」

泣き腫らした目のまま、子どもっぽいパジャマ姿で立ち尽くしている自分が情けない。こうなったら、開き直るより他はなかった。

「女が皆きれい好きなんて、男の作り上げた幻想よ」

彼は、ゆっくりと頷《うなず》いた。

「つまり、もしも君と暮らすとしたら、僕はそれなりのリスクを覚悟しなきゃならないってことだ」

彼は、幼い少女でも見るような眼差《まなざ》しを向けてくる。相手のリスクのことまでは考えなかった。お互い様だということを、いつの間にか忘れていたことに気付いた。何だか急に悲しくなった。

「だけど今のところ、まだプラスが出る。それに僕は、こう見えて掃除は得意なんだ。結構、得だと思うぜ」

「意地悪ね。そんなこと、初耳だわ」

「だから面白いんじゃないか。お互い、もっとびっくりしあおうよ」

ガラクタに囲まれて笑っている彼が、滲《にじ》んで見えなくなった。

# 僕が受験に成功したわけ

# 1

エレベーターホールを出たところで「遅いよっ」という声がした。そのままツツジの植え込みの前を走り抜けようとしていた僕は、驚いて顔を上げた。

「──森島」

もう少し幼い頃までは、蜜《みつ》が旨《うま》いんだなどと言って、咲いている端から摘んでは口に運んでいたツツジの花が、木々の枝葉を隠すくらいの勢いでびっしりと咲いていた。その植え込みの前の塀に寄りかかるような格好で、森島がこちらを見ている。

「何分待ったと思うの」

「──知らねえけど」

口の中で答えながら、僕は思い出していた。そういえば昨日、別れ際《ぎわ》に約束した、というか、させられたのだ。明日から一緒に学校に行こうね、と。

「早くしないと遅刻しちゃうから」

森島は唇を尖《とが》らせて、つん、とした顔でこちらを見ている。だったら先に行けば良かったではないか、と思ったが、僕は黙っていた。面倒くさかったし、そんなことを言い合っている暇があったら、さっさと歩いた方が良いと思ったからだ。

「ついてる」

二人並んで小走りに石段を下り、団地を抜けて歩き始めたところで、森島が口を開いた。僕が「え」と言っている間に、くるりとこちらを向く。二つに結わえている髪が、ピンク色のトレーナーの肩で跳ねた。

「口の横。何か」

僕は自分の口元に手をやった。四角っぽい、ざらりとした感触が指先にあった。さっき、大急ぎで口に押し込んだトーストのパンくずがついていたのかも知れなかった。

「ダメねえ」

「ダメじゃねえよ、べつに」

「ダサい」

パンくず一つでダサいとまで言われたくない。だが、丸い瞳《ひとみ》をくるりとさせながら、どこか澄ました表情でこちらを見ている森島の顔を見てしまうと、やはり僕は何も言い返せない。面倒くさいし。

「寝坊したんでしょ」

「関係ねえだろ」

「何時に寝た？」

「――一時半過ぎ、くらい」

「一時半！　そんな時間まで起きてたの！　信じられない！」

仕方がないのだ。昨日は塾の日だった。家に帰ったのが十時半過ぎ。それから遅い夕食をとって、風呂《ふろ》に入って、少しだけのつもりでゲームをやったら、その時間になった。べつに珍しいことでもないし、そんな日が毎晩続いている、というわけでもない。けれど、やはりあくびが出る。今朝だって母さんに散々怒鳴られて、布団《ふとん》に貼《は》りついた身体《からだ》を無理矢理に引き剝《は》がされるようにして、必死で起きた。

「ちょっと遠すぎるんじゃないの、そこの塾。私が行ってるところだって、結構いい感じだよ」

「知ってるよ。五年の一学期まで、俺、そっち行ってたんだもん」

「そうなの？　何で移ったの？」

森島は、また丸い瞳をくりくりとさせる。

この春から転校してきた森島は、それまでにも既に二度、転校を経験しているのだそうだ。外国に住んでいたこともあるらしい。そして彼女はつい先週、突然、僕に言ってきた。私たち、つき合おうよ、と。始業式の日に初めて見たときから、僕のことが気に入った。だから、つき合おう、と。

「ねえったら。何で」

森島に肘《ひじ》で小突かれて、僕は「何でって」と口ごもった。本当は母さんがそうしろと言ったからだが、そのままを言うのも、何となく格好が悪いような気がした。

「今、行ってる塾の方が、受験対策がしっかりしてて、先生も優秀だっていうし、レベルが高いから」

するとと森島は「あっ」と言って、またこちらの顔をのぞき込んでくる。

「真吾って、受験するんだ」

「するよ——誰が名前で呼んでいいって言ったんだよ」

「いいじゃん。私のことだって、奈月《なつき》って呼んで、いいんだからね」

「——呼ばねえよ」

「照れて。ねえ。どこ、受けんの？」

「照れてなんかいねえって。まだ、はっきり決めてないけど」

取りあえず最低でも高校までつながっていて、さらに大学の付属ならば、申し分ない。付属でない場合でも、一流大学への合格率の高い学校を狙《ねら》うべきだというのが、もう何年も前から、いや、もしかすると僕が生まれたときから、既に課せられている使命だ。

「じゃあさ、女子が言ってたけどさあ、真吾って本当に頭、いいんだね」

そんなこともねえけどさ、と答える間もなく、森島の腕が、僕の腕に回されてきた。

「格好いい！　ねえねえ、どこ受ける？　奈月も一緒に受験しようかなあ」

実は森島は、僕よりも十センチくらいは背が高い。だから腕を組まれると、何となく上に引っ張り上げられそうな感じがした。僕は慌《あわ》てて森島の腕を振り払った。

「何よ」

「やめろよ」

「何、照れてんの。私たち、つき合ってんだから、これくらい普通でしょ」

「照れてなんか、いねえって」

なおもからみついてこようとする腕を振り払い、早歩きで学校に向かいながら、僕は先週からの日々が、何とも不思議に思えてならなかった。何の前触れもなく、突然つき合おうと言われたかと思ったら、何をするにもやたらと名前を呼ばれるようになって、ついに朝っぱらから、こんなにつきまとわれなきゃならなくなった。

——何でだ。

頭の半分はまだ眠っているし、胃袋の中では、無理矢理押し込んだだけのトーストが、カサカサと音だってたてそうな気分なのに。

確かにつき合おうと言われたときに、僕は「いやだ」とは応《こた》えなかった。だけど、だからといって「うん」と応えたつもりもない。正直なところ、つき合うということが、果たしてどういうことなのか、どうもピンと来ないのだ。少しは考える時間が欲しかった。出来ることなら、母さんにだって相談したかった。

母さんには前々から言われている。

いい？　女の子とつき合うとか、つき合わないとか、そういう話になったときには、必ずお母さんに言うのよ。あんたはまだ小学生で、しかも受験生なの。要するに大切な将来がある、まだ一人前とはいえない年齢《とし》ってこと。だから、いくら女の子とつき合ったって、やっていいことと悪いことがあるわけ。同い年の女の子だったら、絶対にあんたなんか、かなわない。誘われるままに何でもしたら、マズいことになるんだからね。大変なことになる。責任ってわかる？　誘ってきたのは女の子でも、責任は男がとる。これが、世の中ってもんなの。あんたには、その責任は取れやしないんだから。まだ当分。

だが、母さんの言葉を思い出していた僕に、あの時、森島はさらに言った。

「私が嫌いなわけ？」

相手は転校してきたばかりの、よく分からない女だ。好きも嫌いも、あったものではなかった。

「お前のことなんか、知らねえもん」

すると森島は、にっこりと笑って言ったものだ。それなら、これから知ればいいじゃない、と。

そして森島は、いつでも僕の傍にいることになった。授業中も、気がつけばこちらを見ている。そして、やたらと色々な質問をしてくる。好きな色は？　好きな食べ物は？　好きなタレントは？　好きなスナック菓子は？　好きな——母さんは、「あらそう」と言っただけだった。きっと、その子はあんたに興味があるんでしょうと。目のつけどころは悪くないじゃないの、とも。告白されてから何日か過ぎた日のことだ。

「それで、あんたはどうなの」

「どうって。べつに」

「どんな子」

「背が高くて、よく喋《しゃべ》るヤツ」

「可愛《かわい》いの？」

「どうかな」

「成績は？」

「知らない。転校してきたばっかりだし」

「未玖《みく》ちゃんは？　斎藤未玖ちゃん。バレンタインにチョコレート、もらったじゃないの」

「知らないよ、あんなヤツ」

斎藤未玖は六年になってから、クラス委員の神崎《かんざき》の方が好きになったという噂《うわさ》だ。将来はサッカー選手を目指しているという噂の神崎は、前は僕と同じくらいだったのに、最近、急に背が伸びてきた。あんまり勉強している雰囲気でもないのに、テストの点数もそれほど悪くない。ひょうきんなことが好きで、皆に好かれていて、要するに、嫌な野郎だ。

母さんは、少しの間「ふうん」と言いながら僕を見ていたが、そのうちに、「まあ、いいんじゃないの」と言った。

「でも、いいわね。気をつけるのよ。それだけ積極的な子だったら、きっと色んなことに誘ってくるから。何度も言うけど、責任は全部、あんたに来るんだからね」

責任。

何となく母さんと目を合わせていたくなくて、僕は「分かってるよ」とそっぽを向いていた。僕だって、この年からエイズの心配をしたり、その上まさか父親になんか、なりたいわけがなかった。

## 2

森島が「うちに来ない？」と言い出したのは、ゴールデンウィークも過ぎて、教室に冷房が入るようになった頃だ。

「言ったでしょう？　今度、一緒に勉強しようねって。私に算数を教えてくれたら、私が英語を教えてあげるからって」

森島は身体を折り曲げ、教室の机の上にわざと身を乗り出して、頬杖《ほおづえ》をついて見せる。最近、半袖《はんそで》を着るようになったせいか、僕は時々、森島って昆虫みたいだな、と密《ひそ》かに思うことがある。だって、身体に比べて手と足が妙にひょろひょろと長くて、手のひらとか、履いている靴とかが、馬鹿《ばか》に大きく見えるのだ。ついでにいえば、首も長い。意外に日焼けしている。以前、人間みたいに喋って動き回る昆虫のアニメを見たことがあったけれど、森島って、そんな感じだった。

「あれ、夏休みの話じゃねえの」

僕は、森島のTシャツの胸のあたりをちらちらと見ながら答えた。ブラジャーの形が透けて見えるのが、気になって仕方がない。森島なんて、胸なんかまるで出てもいないくせに、どうしてブラジャーをする必要があるんだろうか。聞いてみたいけれど、さすがにそんな勇気、あるはずがなかった。

「夏休み！　そんな先のことなんか言ってたって、しょうがないじゃん。真吾、月曜か木曜だったら塾ないって、言ってたじゃん。今日、木曜だよ」

「そりゃ、そうだけど」

「うちのママもね、一度、真吾に会ってみたいんだって」

「呼び捨てにすんなってば。森島のおふくろさんになんか、何で俺がわざわざ会う必要があんだよ」

「あるって。彼氏なんだから。それに来週は授業参観があるんだよ。その時、クラスの皆の前なんかで挨拶《あいさつ》させられるより、いいと思うけどなあ」

しまった。僕は初めて、来週の授業参観のことを思い出した。

——皆の前で挨拶？

やばい。そんな格好悪いことは、したくなかった。僕は、いつものように目をくりくりさせて笑っている森島を、恨めしい気分で見返した。彼氏をやるっていうのも、なかなか面倒が多いものだ。ただでさえ六年になってからは塾に行く日も増やして、僕のプライベートな時間は極端に少なくなっている。その貴重な時間の大半を、森島のために使わなければならないなんて。

けれど、ひと月足らずのつき合いの中で、僕は既に学んでいた。テストの点数ではともかく、口数では、とても森島にはかなわない。僕が一つのことを言うと、五倍にも十倍にもなって言葉が雨あられと降ってくる。そして最後には必ず聞かれるのだ。私のことが嫌いなわけ？　これを言われると本当に僕は、頭を抱えたくなる。

正直に言おう。嫌いだなんて言ってやしない。だけど、好きって、じゃあ、どういうことなんだよ、と思うのだ。べつに森島に限ったことではない。たとえばバレンタインにチョコレートをくれた斎藤未玖だって、確かに可愛くないことはない。他にも、石田かおりとか、福本沙也加とか、話しかけられると、何となく落ち着かない気分になる女子は何人かいる。だけど、じゃあ好きなのか、と言われると、よく分からない。「好きっていうのはさ、要するに心臓が勝手にバクバクすることだ。その子のことを思っただけで、もう、勝手にだぞ」

学校も塾も一緒の沖田幸平《こうへい》は、たまたま塾の帰りに二人になったときに言っていた。幸平には、塾の同じクラスに、そういう相手がいるのだそうだ。僕は、幸平よりもワンランク上のクラスにいるから、その女の名を聞いても分からなかった。

「だけど、考えもんだぜ」

「何が？」

「だって俺、ますますテストの点数、落ちてるんだ。気がつくと、そいつのことばっか考えてるんだもん」

幸平はため息をついていた。以前は、幸平は僕と同じクラスだった。ははあ。落っこちた理由はそれかと思った。

「ハエみてえだぞ。払っても払っても、頭から離れなくてさ。心臓が悪いんじゃねえかと思うよ。こう、ギュウッとなってよ」

幸平はまたため息をつく。だけど、顔はにたにたと笑っていた。僕は、「いいのかよ、それで」と言いたいのを堪《こら》えなければならなかった。とにかくこれで、幸平は完《かん》璧《ぺき》に僕のライバルではなくなったということだ。もしかすると、森島が僕の頭から離れなくなったり、心臓をバクバクさせないのは、有り難いことなのかも知れない。

――とは思うけど。

思うのだが、何だか悔しかった。今や、僕と森島とはクラス中の公認の仲だ。何しろ森島が平気な顔で「彼氏なの」「つき合ってるんだ」と言って歩くから、もう隠しようがない。だけど、いくらそう言われても、思ったほど照れくさくもないし、嫌ではないけど、そんなに嬉《うれ》しくも——ない。

ブツブツと考えている間に、結局、僕はその日の放課後、森島の家に寄ることになった。森島が住んでいるのは、僕の団地からもそれほど離れていない新しいマンションだった。前は野良《のら》猫のたまり場になっていたオンボロアパートと月極の駐車場があって、その駐車場では犬にうんこやおしっこをさせている飼い主が多かった。

要するに森島の家は、野良猫のたまり場や犬の便所の上に建ったマンションの七階にあった。薄暗い通路を通ってきたせいか、ドアが開かれるなり、いきなり明るい光が洩《も》れてきて、しかも乾いた風がすうっと吹き抜けたから、僕は思わず目をパチパチさせた。明るい光の中に、揺れる人影が見える。その人影が「君が水沼真吾くん？」と言ったから、僕は反射的に頭を下げた、その時だった。心臓が、どきん、と跳ねて、全身が硬直した。

「あら、いらっしゃい」

「いつも奈月がお世話になって」

頭の上から声が聞こえる。僕の頭が「何か言え」と命令を出す。だけど、動けなかった。もう一つの声が聞こえていたのだ。何だ、これは。今、僕が見ている、これは何なのだ、と。

「何してんの、上がれば」

混乱している僕の視界に、先に靴を脱いだ森島の足が入ってきた。昆虫みたいにひょろ長くて、浅黒い足だ。

――足。

そ、そうだ。足ではないか。これは足だ。だけど、こんな足が――。

「真吾ってば。あれ、なあに、緊張してるわけ？」

さらに森島の声がする。その時、僕の左肩に、ものすごく柔らかくて暖かい何かがのっかった。僕は、弾《はじ》かれたように頭を上げた。

「遠慮しないで、どうぞ、上がって」

目の前に白い顔があった。笑ってる。花びらみたいにピンク色の唇の隙間《すきま》から、白い歯が見えた。茶色い髪が、さらさらと揺れている。これが森島のおふくろさん？

僕は、呆気《あっけ》にとられそうになった。若すぎる。化粧なんかしてるし、大きくあいた襟元には、ネックレスも。まるで、その辺の姉ちゃんみたいではないか。慌てて目をそらしたら、また足が視界に入ってきた。僕は、今度は急に、尻《しり》の穴に力が入るみたいな、妙な感覚に襲われた。喉《のど》の奥が貼りつきそうだ。

——すげえ。

明るい肌色の、まるで輝くような足だった。思わずその場に屈《かが》み込んで、正面からしげしげと眺めてみたいくらいの、足だった。

「さあ、どうぞ」

思わず生唾《なまつば》を呑《の》み込みそうになって、その音が聞こえてしまうのではないかと思ったとき、目の前の足が、すっと動いた。森島の母さんが膝《ひざ》を折り曲げて、僕のために用意されたスリッパを、改めて差し出してくる。その手には、明るいピンク色のマニキュアが塗られていた。

「ママ、今日のおやつ、なあに」

「チョコレートムース」

「どこの?」

「アンリ・シャルパンティエ。ナッキー、好きでしょう?」

「あそこだったら、ガトー・ピレネーがよかったな、奈月」

「ナッキーのことだから、そう言うと思った。そっちも買ってあるわよ」

「ラッキー！」

二人の会話はほとんど理解することが出来ないまま、僕の上を通過していった。とにかく僕は、すすめられるままに靴を脱ぎ、明るい光の溢《あふ》れるような広々としたリビングルームに案内されて、綺麗《きれい》なペパーミントグリーンのソファに座らされた。周囲の壁は真っ白で、鮮やかな黄色や青で絵の描かれた皿が何枚か飾られていた。足元には、ふわふわの毛皮のような敷物がある。細く開いた窓から吹き込む風が、レースのカーテンを大きく膨らませていた。

「二人とも、先に手を洗ってうがいをね。ナッキー、真吾くんにタオル出してあげて。分かるわね？」

どこからともなく声がする。森島が「はあい」と言いながら立ち上がった。僕も促されて洗面所に向かった。観葉植物が並べられている、カウンターみたいな棚の向こうから、森島の母さんが微笑《ほほえ》みながら振り返った。

「真吾くん、飲み物は何がいい？」

何って、と僕は口ごもった。

「コーヒー、紅茶、ハーブティーもあるわよ。カモミールティーはどう？　甘いお菓子に合うし、優しいお味よ」

「あ——じゃあ、それで」

やっぱり、だ。この家に一歩、足を踏み入れたときから感じていた。要するに、僕の家とはまるで様子が違う。家にいるときの調子で「麦茶」とか「牛乳」とか、そういうことを言ってはまずいらしい、ということだ。

それにしても、何もかもが違っていた。洗面所も、その使い方も、雰囲気も、どこもかしこも違っている。僕は一つ一つに戸惑いながら、まるで馬鹿のように、森島に従った。

「どう？」

順番に手を洗っているときに、森島がちらりとこちらを見た。「どうって」と僕は声をひそめて呟《つぶや》いた。

「うちのママ」

そうだ。何よりも違うのは母さんだった。僕の母さんは、茶髪でもワンレンでもない。パートに出るときには少しくらい化粧するかも知れないが、大体は化粧などしていない。それに——僕の母さんは、いつでもジーパンだ。三足千円の靴下だ。

「いくつだと思う？」

「知るか、そんなこと」

「三十八。見えないでしょう」

「——見えない」

「本人はそれが自慢なんだ。若作りなんだよね。四十過ぎても、五十を過ぎても、絶対にミニを穿《は》き続けるんだって」

また心臓がドキドキし始めていた。最初に目に飛び込んできた、森島の母さんの足が、頭から離れなかった。それにしても、僕の母さんよりも年上ではないか。二つも。

——すげえ。マジかよ。

さっきから、思い浮かぶのはそんな言葉ばかりだった。何という足が、この世の中にはあるものなんだろう。何て綺麗で、なまめかしくて、そして、何て——誘いかけるみたいに見えるんだろう。

「もういいよ、そんなに洗わなくたって」

森島に注意されるまで、うっかり洗面台を泡だらけにするくらいに、僕はぼんやりしてしまっていた。

3

その日、僕と森島とはリビングルームで、ふかふかのカーペットの上に座り込み、一緒にプリントの宿題をやった。何とかいう名前のケーキを食べ終えたときに、森島は「私の部屋に行かない？」と言ったのだが、僕がそれを断った。何となくヤバい雰囲気になりそうな気がしたし、頭の片隅では、うちの母さんの言っていた「責任」という言葉がちらついていたし、何よりも、森島の部屋に引っ込んでしまったら、森島の母さんが見えなくなるからだ。

「女の子と二人きりになるのは、もう何年か過ぎてからよね。よく分かってるわ、えらいぞ、真吾くん」

いつの間にかピアノ音楽のCDをかけた森島の母さんは少しの間、僕らの傍にいて、うちの父さんの仕事のこととか、この近所のことなどを聞きたがったが、森島に「勉強の邪魔」と言われて、笑いながら立ち上がった。

「――え、と。今のAとBの年齢の比が7：2なわけでしょう？　それで十年後には、9：4になるんだから――」

学校で渡された算数のプリントに向かいながら、森島がブツブツと言っている。僕の方は、この手の問題は塾で嫌というほどやらされているから、ほとんど機械的に解くことが出来るのだが、あまり先回りをすると森島が怒るので黙っている。頬杖をついて、窓から流れこむ風に吹かれていると、目の前をすっと森島の母さんが横切った。僕の目は、当たり前のように、ミニスカートから出ている足に吸い寄せられた。そして、やはりドキドキした。

「ええ、分かんないよ、もう。ねえ、真吾、これ分かる？」

「え——分かるに決まってんじゃん」

「あ、ちぇっ。何で何で。教えてよ」

「だから——」

森島の方に向かって、わずかに身を乗り出している僕の前を、また森島の母さんが横切った。上目遣いに視線を送ると、薄い膜のようなストッキングに覆《おお》われた、いかにもしなやかそうな足が、す、す、と移動していくのが見える。

「だから？　最初からちゃんと、教えてってば！　これがちゃんと終わらないと英語、教えてあげないからねっ」

浅黒い顔をした森島が、目をパチパチさせながらこちらを見ていた。昆虫みたいに長い腕を折り曲げて、ピンク色のシャープペンを握りしめて。

――似てねえ。

僕は密かにため息をつきながら、「7：2ってことは」と説明を始めた。

その日の晩、風呂から上がってきた母さんは、ダブダブのロングTシャツ姿で「あぁ、暑い。もう夏って感じね」と言いながら、そこいらを歩き回った。僕はテレビを見ながら何気なく、そんな母さんの足ばかり見ていた。

――やっぱ全然、違うよな。

太いとか細いとか、長いとか短いとか、そういう問題ではなかった。もはや、存在自体が違うものだとしか言い様がない。一体全体、森島の母さんの足は、どうしてあんなに魅力的だったんだろう。

「で？　どうだったの、その子の家は」

冷蔵庫から缶ビールを取り出してきた母さんは、テレビを見ていた僕の傍に来ると、旨そうに喉を鳴らしてビールを飲む。

「綺麗だった。ほら、駐車場の後に建った、あのでかいマンションだった」

「ああ、あそこ。へえ。お母さんは？　どんな人だった？　その時間に家にいるっていうことは、専業主婦なわけよね」

また心臓がドキリとなった。数時間の間に、僕の目の前を何度となく横切った足が、脳裏にちらついた。同時に、またもや尻の穴にきゅっと力が入って、つい、ヘソの下の辺りがこそばゆくなる。

「転校してきたばっかりっていうんなら、余計に会ったこともないはずよね。ねえ、どんな人よ」

「何か——」

「何か?」

「その辺の姉ちゃんみたいな」

「その辺のって。どんなの」

あのおふくろさんのことを、褒めないように伝えるには、どうすれば良いだろうか。僕は懸命に考えた。何しろ来週は授業参観だ。じかに会って、あまりにも違うことを言っていたとバレてはまずい。

「要するに若作りってこと」

母さんはまたビールをぐびりと飲み「何それ」と口を尖らせる。

「まったく。男の子の説明っていうのはまるっきり分かんないわね。言葉をはしょりすぎるのよ」

ロングTシャツから出ている足は、膝の裏側付近に青い血管が浮いていて、スネには少し毛が生えていた。父さんほどではないにせよ。

——ダメだ。

僕は深々とため息をついて、母さんから顔を背けた。情けない。悲しい。恥ずかしい。これで、どうして母さんの方が若いんだろうか。ああ、あの足。もっと見てみたい。もっと、じっくり眺めたい。許されるなら——触りたい。僕は、テレビを見るふりをしながら、ひたすら頭に焼きつけられた森島の母さんの足を思い浮かべていた。

翌週の授業参観のときに、僕の母さんと森島の母さんは初めてじかに会った。そして僕はそれ以降、頻繁に森島の家に行くことになった。木曜日の放課後と、土曜日の昼間は、ほとんど欠かすことがなくなったくらいだ。母親同士、どういう相談をしたのかは知らない。だがとにかく、僕の母さんは言った。

「人にものを教えると、改めて勉強になるものなのよ。それにさ、奈月ちゃんのママ、英語の読み書きも教えてくださるってよ」

僕は「ふうん」と、出来るだけ素知らぬ顔をしながら、内心では小躍りしていた。森島の母さんに会える、あの足を見られる、それだけで、もうドキドキした。

「つまんないの」

だが森島の方は、いかにも意味ありげな表情で、「ねえ」と僕の顔をのぞき込んだりしていた。

「うちにばっかり来てたら、ずっと二人きりになれないよ」

「――いいんじゃねえの、べつに」

「へえ、いいわけ。平気？」

「平気って、何が」

僕の家は、母さんが仕事をしているから日中は留守になる。そこに森島を連れ込んではまずい、思春期にさしかかる子どもを男女二人にするのはよろしくない、というのが、母さん同士の出した結論だった。僕に異論など、あるはずもなかった。それを、僕の母さんは「分かってるじゃないの」と珍しく褒めたし、森島の母さんは「立派ね」と評価し、それは要するに僕の母さんの育て方のたまものだとまで言った。

「男の子って、もうこのぐらいの年頃から分れるものなのね。女の子を大切に出来る子と、そうじゃない子」

そんなときの森島の母さんの目は、何となく僕を尊敬しているみたいな、それでいて少し淋《さび》しそうな、何ともいえないものに見えた。いつの間にか僕は寝る前など、布団に入ってから、森島の母さんを思い浮かべるようになっていた。

森島が言っていた通り、彼女の母さんは本当にミニスカートが好きらしかった。見事なくらいに、いつ行っても、膝小僧の上まで見えるどころか、尻と足の付け根しか隠していないような印象のスカートから、何度見てもドキリとする足を見せている。そして、その足でひっきりなしに僕の前や横を通るのだ。僕は、たとえ見えていないときでも、耳が探すようになってしまっていた。森島の母さんの歩く音を。するとも う、僕の頭の中には、あの美しい足が浮かんでしまう。

あの足は、重たいんだろうか、軽いんだろうか。あの皮膚は、押したら硬いんだろうか柔らかいんだろうか。滑らかなのか、ざらざらしているのか——。

「ちょっと、聞いてんの？　またぼんやりしてる」

その日も、つい耳だけに神経を集中させていた僕に、森島のキンキン声が届いた。はっとして顔を上げると、森島の膨れっ面《つら》とはべつに、向こうから森島の母さんの、どこか試すような笑顔が見えた。

「真吾って、いっつもそうなわけ？　ボケ！」

「ボケとは何だよ、ボケとは」

「だって、そうじゃんよっ。人がせっかく喋ってんのにっ！」

「ほら、ナッキー。そんな声、張り上げないのよ」

ああ、森島の母さんが歩いてくる。カウンターに隠れていたあの足が見えた。もうそれだけで、僕はこめかみの辺りがかあっと熱くなった。耳の奥がきーんと鳴り、手のひらに汗をかいてシャープペンが滑った。心臓のドキドキが、森島に聞かれてしまうのではないかと思うくらいだ。

「だって、このバカ真吾。奈月の言ってること、何にも聞いていやがらねえんだ、もうっ」

森島は長い首をにゅうっと伸ばすようにして僕を睨《にら》みつける。昆虫の足みたいな腕を振り上げて。ああ、こんな女が、どうしてあの人から生まれてきたりするんだろう。こんな、ただの棒っきれみたいな足を持つ女と、あの足の持ち主とが、どうして親子なのだろう。その都度、僕はこれこそが世の中の矛盾とか不条理とかいうヤツなのではないかと思った。

「そんな乱暴な言葉、使わないの。嫌われちゃうからね」

パタパタ、とスリッパの音をさせて、森島の母さんがやってきた。僕は、つい下を向いた。「ほら、傷ついてるじゃないの」という声が聞こえたけれど、実際はただ森島の母さんの足が見たい一心だった。べつに、顔とか胸とかはどうだって良いのだ。

ふん、という荒々しい声が聞こえて、森島が立ち上がった。「トイレ」と言いながら、棒切れみたいな足で走っていく。僕は、ただうつむきがちに、大人の女の白い足を見ていた。見れば見るほど綺麗だ。ついため息が出るほどだ。僕は、自分でも少しずつ呼吸の速くなるのが分かった。喉が渇いてくる。尻がむずがゆい。

「ごめんね、真吾くん」

ふいに、足がこちらに近づいてきた。僕は全身を硬直させた。ムートンとかいう、ふかふかのカーペットのすぐ傍まで来る。そこで、すっとスリッパを脱ぐ。ドキリとした。真っ赤なマニキュアが、足の爪《つめ》にも塗られていたからだ。その足が、毛足の長い敷物の上に、そっと乗った。やばい。本当に、もう一メートルくらいの距離だ。

「わがままな子で。ねえ」

二本の足は、まるで特別な生き物のように、ムートンの上で音もなく動いている。あと半歩も近づけば、完全に手が届く距離だ。僕は、あまりの息苦しさにめまいさえ起こしそうだった。

「真吾くん」

返事をしなければと思うのに、声が出ない。僕は、百パーセントの力を振り絞って、やっとのことで顔を上げた。太股《ふともも》がミニスカートに消えていく。オレンジ色のセーターみたいなものの上には、長い髪を揺らして、微《かす》かに首を傾《かし》げている森島の母さんの顔があった。

「興味がないわけじゃあ、ないのよねえ」

「え――」

「女に」

森島の母さんの唇が、ほんのりと笑った。

「分かってるんだ、おばさん」

「な――」

僕はもう、心臓がバクバクいって気絶しそうだった。急いで下を向くと、またあの足が見える。僕は思った。べつに森島の母さんのことなんか、どうだっていいんだよな、と。

「奈月のパパもねえ、この足が好きだって」

頭の上から声が降ってきた。どうだっていいんだ、と思うのに、今度こそ僕は、頭の中で何かがガーンと音を立てたように感じた。

「お、ま、た、せ」と言いながら、森島が飛び跳ねるように戻ってこなかったら、その場でひっくり返っていたかも知れない。

――森島の父さん。

その日以来、夜ごと思う森島の母さんの傍には、見たことのない男がいて、あの足を愛撫《あいぶ》するようになった。抱きかかえ、撫で、さすり、マニキュアを塗った指を嘗《な》めたりするのだ。皿の形が丸く見える膝に頬を押しつけ、足の付け根に向かって指を這《は》わせていったりもする。そんな光景を思い描くたびに僕の興奮はおさまることがなかった。何とかして、その男の幻と僕自身とを合体させようと必死だった。

4

あれ、と思うようになったのは、それから何度目かに森島の家に行ったときだ。そろそろ梅雨に入ろうかという頃で、外は蒸し暑く、少し動いただけでも汗が滲《にじ》んだ。

「あらあら、汗かいて」

いつものように学校の帰り、森島に続いて玄関に足を踏み入れた僕に、森島の母さんはそう言うなり、エプロンから小さく畳んだタオルを取り出して、僕の額に当てたのだ。僕は一瞬、電気が走ったように感じて、慌てて身体を避《よ》けようとした。長い髪を一つに束ねた森島の母さんは、今日も襟ぐりの大きく開いた服を着ていた。

「どうしたのよ、汗。ほら」

「あ――いいですから」

額を伝う汗を自分の腕で拭《ぬぐ》いながら、その時は、僕は慌てて森島の母さんの横をすり抜けた。

「ほらほら、見て、真吾くん」

リビングで宿題をやりながら、ちょっと森島が席を立った時にも、森島の母さんは僕を呼ぶことが増えた。そんなときは大抵、少し離れたソファに腰掛けて、雑誌を読んでいたり、洗濯物を畳んでいたりする。僕にしてみれば、森島の母さんがただそこにいるというだけで、もう最悪だった。視界に、あの足が入っている。それが時折、爪先にスリッパをぶら下げてゆらゆらさせていたりするのだ。僕を呼ぶのは、わざと足を組み替えたり、大きく伸びをしながら、両足を揃《そろ》えて前に出したりするときばかりだった。

やめてくれよ。

もう、やめてくれ。

そんなことがあった晩は、僕は足と絡《から》み合う妄想がいつまでも終わらなくて、すぐに寝つくことさえ出来ず、疲れ果てた。

「ねえ」

あるときは、何度か呼ばれてつい顔を上げると、森島の母さんは、自分の胸元に、すごく小さなブラジャーを当てていた。

「ナッキーの。小さくて可愛いでしょう」

僕は慌てて顔を背けた。

どうして、そんなものを見せるんだ。

どうして——。

何か嫌な感じの、胸の奥で雑巾《ぞうきん》を絞ってるみたいな、うずうずする気分になった。怒りたいみたいな、泣きたいみたいな、怒鳴りたいみたいな、何かを殴りつけたいみたいな感じだ。

可哀想《かわいそう》じゃないか、森島が。

ああ、だけど、本当に何て小さいんだ。手を触れるのさえためらわれるくらいに淡いピンク色で。

それでも、見せることなんか、ないじゃないか——。

僕が何も応えられないでいると、森島の母さんは、いかにも嬉しそうにクスクスと笑う。鼻にかかった、奇妙に高い声のクスクス笑いだ。その声が広がっただけで、部屋の空気が急に粘っこくなってくるようで、今度は僕は、背筋がぞわぞわするのを感じた。

身体って、本当に変だった。

心臓だけじゃない。僕が何か考えたり、指令を下したりする前に、尻の穴とか背中とか、首の後ろとかに勝手に力が入って、勝手に反応を起こす。ちんこだって同じことだ。本当に僕は、森島の母さんのことなんかどうも思ってやしない。あんなの若作りの、ただのおばさんでしかない。けれど、あの足だけは、どうしようもなく魅力的だった。そして、その魅力を僕自身よりも、僕のちんこの方が感じているみたいだった。あの小さなブラジャーをしている森島の姿を思い浮かべようとしてみたけれど、ちんこは何も反応しなかった。そのことが、僕には何だか情けなかった。

少しつき合った頃から発見していたことだが、森島という子はどうも落ち着きがないようだ。思いついたことはすぐに実行に移さないといられないらしく、僕と宿題をやっている途中でも何でも、「あっ」と言って立ち上がることが何度もあった。時には、そのまま誰かに電話をかけ始めて、十分でも二十分でも喋っていたり、自分の部屋に行ったかと思ったら、いつまでたっても出てこないということも珍しくなかった。

「本当、困った子ねえ。その点、真吾くんは偉いな。いつも落ち着いてるし、ちゃんと集中力もあって」

僕がリビングルームに一人で取り残されると、まるで待ってましたというように、森島の母さんが近づいてくるようになった。時には僕の脇《わき》に座り込み、頬杖をついて、身を乗り出してくる。すると、大きく開いた白い胸元から、胸の谷間が見えちゃったりすることもあった。僕は、臭い匂《にお》いを嗅《か》がされた時みたいに、鼻の付け根に力がこもってしまって、つい顔を背けたくなった。そんなもん、見せてんじゃねえよ、と言いたかった。

「もう一人前の男っていう感じ」

こういうとき、森島の母さんは、ゆっくりと瞬《まばた》きをする。僕は、ちらちらとそんな顔を見ながら、あっちへ行けとも言えなくて、必死でシャープペンを握りしめた。

「おばさんも男の子が欲しくなっちゃった。もう一人くらい、産めるかしら」

今度は尻の穴に力が入る。産むってことは、妊娠するということだ。アレをやるんだ。僕の妄想に現れてくる、あの男と。ああ、この足を開くんだ。

「あ、ママ。また邪魔してる!」

森島が来なかったら、僕の脳味噌《のうみそ》は本当に噴火していたかも知れない。せき立てられて、森島の母さんは「わかったわよ」と立ち上がった。太股とふくらはぎの裏側が少し赤くなっていた。座っていたから痕《あと》になったのだ。そのピンク色に染まった部分を見た瞬間、撫《な》でてみたいと、咄嗟《とっさ》に思った。思わず手を伸ばしそうになって、はっと我に返り、僕は慌てて森島の顔を見た。

「何か変なんだよな、最近のママ」

森島は、ぷうっと膨れっ面を作って自分の母さんが去っていった方を見ていた。僕は、密かにため息をつきながら「何が」と言った。少しだけ、声がかすれていた。だけど大丈夫だ。五年の三学期頃から声変わりが始まった僕は、この頃は普段から声がかすれている。

「何ていうか、嫌らしい感じ。真吾、あんた、感じない？」

「何を」

「だから、うちのママよ」

森島はわずかに身を乗り出して、声をひそめる。丸い瞳《ひとみ》でじっと僕を見つめる。パチパチと瞬きをする。

「真吾が来る日はね、何だかいつもと違うんだよな。ペディキュアだってさ、前は剝《は》げたり、爪が伸びたりしても、結構そのまんまだったのに、最近はお風呂《ふろ》から出た後とかに、ちゃんと塗ってるし」

「ペディキア？」

「ペディキュア。足の爪のマニキュアのこと」

途端に、僕のちんこが反応した。ああ、畜生。何でだ。

「ママって、あんたのこと狙《ねら》ってるんだったりして。欲求不満のはけ口に」

「バカ」

「何で？　意外に、マジかもよ」

「やめろ、バーカ」

その言葉は、本当は森島にではなく、僕のちんこに向けていたものだ。だけど森島は口を尖《とが》らせ、いかにもつまらなそうな顔で、ふん、と鼻を鳴らす。

「いい？　真吾は私の彼氏なんだからね。わ、た、し、の」

だったら、人がせっかく来てやっている間に長電話したり、自分の部屋に行っちゃったりするなよ、と言いたかった。けれど、そんなことを言ったら、僕の方が「負け」みたいな気がして、言えなかった。

僕の、塾の成績が落ちてきた。

それまでは順調に少しずつ伸びていたものが、少し足踏み状態になったかと思ったら、かたん、かたん、と落ちた。

「夏休みから、いよいよ本番に向けて本腰を入れなきゃならない時なんだぞ」

しっかりしてくれよ、おい。頑張ろうよ、と塾の先生が言う。原因に思い当たるところはあるのか、とも聞かれた。もちろん、あった。大ありだ。だけど、答えられるはずがない。ただ、顔が真っ赤になっているのを感じながら「分かりません」としか答えられなかった。

「ちょっとぉ、真面目《まじめ》にやってんの？　お母さん、すっかり安心してたけど、奈月ちゃんの家でだって、ちゃんと勉強してるんじゃないの？」

塾からのプリントを母さんに見せると、母さんも目を三角にした。僕は「してるって」と取りあえず反論した。

「じゃあ、何で急に、こんなにテストの点が落ちるのよ。お母さん、言ったよね。レベルの低い子なら、つき合うんじゃないよって。足を引っ張られるよって。あんた、奈月ちゃんて、そんなに頭の悪い子じゃないって、言ってたんじゃない？」

「悪くないよ。そりゃあ、算数は苦手みたいだけど、あとはそんなに――」

「だったら、何でなのよ。真面目にやってるんじゃないの？　奈月ちゃんのお母さん、ちゃんと見てますからって言ってくれたの、あれ、嘘《うそ》？」

「嘘じゃないって！　ちゃんと、やってるからっ」

怒鳴り返しながら、僕の頭の中には、やはりあの白い足が見えていた。分かりすぎるほど分かっている。原因は、あの足以外にあり得ない。そうさ。母さんの言う通り、森島の母さんは、ちゃんと見てる。ちゃんと、僕の傍にいる。い過ぎるくらいに。だから、ダメなんじゃないか。

だけど、それも僕には言い返せなかった。

何て言えばいいっていうんだ。

森島の母さんがミニスカートだからです、とか？　つい頬ずりしたくなるような足だからです、とか？　自分の子どもがいない隙に、僕をからかいにくるからです、なんて？

言える言葉なんか、ありはしなかった。

このままだと、受験に失敗するかも。

その晩、僕は地獄の底へ落とされるような気分でベッドに入った。さすがに、森島の母さんの幻も、その足を愛撫する男の幻も、浮かんでは来なかった。

雨が降る日は暗くて憂鬱《ゆううつ》だったが、天気が良くなれば、まるで真夏のような陽射《ひざ》しになった。もくもくと入道雲が湧《わ》いて、真っ青な空が、遊びに行こうぜ、と誘っているようだ。

「夏休み、どうするの」

ある日、森島が僕に聞いた。いつものように、一緒に森島の家に向かう途中だった。

「塾」

「夏期講習？　週に何日？」

「月曜から土曜まで、毎日」

「毎日！」

森島は悲鳴のような声を上げた。

「夏休みの間中？　ずっと？」

「前期と後期に分れてる。その間の、実質的な休みは一週間弱ってとこかな。ちょうどお盆の頃さ」

森島は「へえ」と言い、それから少し、何か考えるような顔になった。

「必死、なんだね」

「当たり前じゃねえかよ。お前だって、夏休みの間にもう少し、勉強した方がいいんじゃねえの？　どこ受けんのか、知らないけど」

「本当――どこ、受けんだろうね」

ぽつり、と言って、それから森島は「えへへ」と笑った。呑気《のんき》なヤツだ。いいよなあ、女は。たとえ中学受験に失敗したって、高校や大学の受験に失敗したって、最後には頭より外見や色気が勝つって場合もある。結局は嫁さんになっちゃえばいい、という逃げ場もある。だけど、男はそういうわけにはいかなかった。だから僕も、夏休みからは本気にならなければいけない。入道雲を見たって、遊びに行きたいなんて、考えている場合ではなかった。

5

「暑いのに頑張るわねえ、真吾くん」

森島の母さんは、相変わらず森島が席を立った隙を見ては、僕の傍に来た。少し前からストッキングを穿かなくなって、本物の生足になっていた。やっと少しドキドキしなくなったところだったのに、僕の心臓とちんことは、またもやあっさりと反応するようになってしまった。きゅっとしまったアキレス腱《けん》の上を斜めに横切る血管の膨らみや、いかにも人の皮膚らしい、ポツポツと毛穴の見えるふくらはぎが、以前にも増して艶《なま》めかしく見えた。僕は、頭のてっぺんから一気に汗が噴き出して、否応《いやおう》なく息が上がった。

「真吾くん、暑がりみたいだから申し訳ないんだけど、おばさん、冷房が苦手なのよね。でも、窓を開けておけば、いい風が入るでしょう？　身体《からだ》のためには、この方がいいんだから、我慢してね」

僕の汗の意味を勘違いしたのか、森島の母さんは、そんな言い方をして、またもや僕の顔にタオルを当てたりする。僕はいつでも必死で顔を背けた。やめろよっ、と怒鳴りたいのを懸命に堪えた。嘘じゃない。本当に嫌だった。

「照れちゃって」

だが森島の母さんは、いつもゆっくり瞬きしながら言うのだ。「可愛《かわい》い」とか「うぶね」とか。そして、森島が戻ってくる気配を察知すると、ふっと笑いながら離れていく。張りがあって微かに光っているようにさえ見えるふくらはぎが遠ざかる。

もう嫌だ。

正直なところ、本当にもう、僕はへとへとだった。

家で夜遅くまで机に向かっていたって、気がつけばノートの隅っこなどに、女の足を描いていたりする。森島の母さんの足の指。かかと。スカートから見える太股。膝。それらを思い出しながら、だがどれほど懸命に描いても、本物には遠く及ばない。それなのに僕は、少し金色に見える産毛《うぶげ》とか、膝の後ろの線とか、そんな細かいところまで、何とか絵にしようと必死になる。そして我に返っては、がっくりとうなだれるのだ。

このまんまじゃあ、本当に落ちるかも。

それは恐怖だった。何とかしなければならなかった。だけど、「もうお前の家には行かないことにする」とは、どうしても言い出せなかった。森島にわけを尋ねられるに決まっている。その時に、どう答えれば良いのかが分からない。それに——それに、遠くからなら、やっぱり見ていたいのだ。あの足。しなやかそうで滑《なめ》らかそうな、あの足を。

「あら嫌だ、降ってきてたんだわ」

その日も、僕は森島の家にいた。朝からどんよりと曇って蒸し暑い日だった。例によって森島は、突如として「あっ」と言ったまま席を立ち、バタバタと自分の部屋に戻っていた。森島の母さんが慌《あわ》てたような足取りで僕の前を通過して、ベランダの窓を大きく開ける。湿った風が吹き込んできて、開いたままのノートや参考書のページをパラパラとめくった。

傘、ないや。

僕はシャープペンの尻の方を自分の唇に押し当て、算数の練習問題に向かいながら、ぼんやりと考えていた。

借りればいいけど。

だけど、前に借りたときには、女物の派手な傘で、僕は結構、恥ずかしい思いをした。どうせなら、親父《おやじ》さんの傘とか、ビニールの傘を貸してくれれば良いのに、ぴらぴら花模様の飛んでいる、えらく派手な傘だったのだ。

「あーあ、せっかく洗ったのに」

森島の母さんは一人で喋《しゃべ》りながら、抱え込んできた洗濯物を、僕の背後に放り出した。バサッと乾いた音がした。

三角形ABCの面積が18㎠のとき、三角形DGHの面積は。

「ねえ、真吾くん」

円周の上にある六つの点は、等間隔なんだから。

「真吾、くん」

GとJに補助線を引くんだな。こうすると平行四辺形になる。

「し、ん、ご、くん」

肩をとんとんと叩《たた》かれ、もう仕方なく、何ですか、と言いかけて振り向いた。その途端に、僕の顔が、というよりも、右の頰から唇にかけてが、何かに当たった。

え。

咄嗟に全身がびくんと跳ねた。僕の目の前、目の焦点が合わないくらいのところに、真っ赤なペディキュアを塗った爪先があった。

「引っかかった、引っかかった」

森島の母さんの明るい笑い声が響く。僕は一瞬、何が何だか分からなくなった。だけど、確実に何かが触れた部分が、じんじんと痺《しび》れているようだ。

足に。

足の裏に。

頭の中が真っ白になった。僕は弾かれるように立ち上がると、洗面所に走った。どうしたら良いのか分からない。だが、触れたのだ。僕の唇が。あの足に。爪先に。激しく水を迸《ほとばし》らせたまま、僕はただ唇の痺れを感じていた。

何なんだよ。

何なんだよ、一体。

どうして、こんなことするんだよ。

息が、胸の辺りでかたまりになっているような気がした。落ち着け。落ち着け。ああ、だけど、こんなに唇が痺れてる。どうしよう。

じゃあじゃあと流れる水音を聞きながら、洗面台の縁につかまって、必死で呼吸を整えようとしているとき、今度は急に、背後から乾いた柔らかい手で目隠しをされた。

「やめろよっ。汚え女だなっ！」

自分でも、思ってもみなかった言葉が口から飛び出した。途端に、目隠しが外される。僕は正面の鏡を見つめた。僕の背後に、森島のまん丸い瞳があった。

「――何よ、汚いって」

森島は、凍りついたような声で言った。僕は慌てて蛇口を戻しながら、「ち、ち」と口ごもっていた。

「違うって。あの――」

「何が汚いっていうのよっ」

「え――だから、あの森島のこととか――」

森島のことを汚いなんて思ってやしない。いや、森島の母さんのことだって。だって、森島の母さんが足を――いや、あの足を汚いなんて、思ってるわけではなかった。大好きな、大好きな――だけど、だからって何も、唇に触れなくたって――ああ、駄目だ。頭が混乱して、何から話せば良いのか分からない。

「何なのよ、真吾なんか――真吾なんか、私のこと、ちっとも好きなんかじゃないんでしょうっ」

言いながら、森島の目には見る間に涙が盛り上がっていった。僕は、もう何も言うことが出来なかった。ただ自分の足元に目を落とすばかりの僕の耳に「馬鹿《ばか》野郎っ、帰れっ」という森島の声が響いた。

それから終業式の日まで、森島は一度として僕に話しかけては来なかった。そして、明日から夏休みになるという日、先生は森島が今学期一杯で転校する、と僕たちに告げた。

「お父さんがアメリカで仕事をされているんだが、向こうの生活が落ち着いたので、森島とおふくろさんを呼び寄せるんだそうだ。向こうでは秋からが新学期だから、ちょうどいいということでな。よかったな、森島」

教卓の横に立って、森島は照れくさそうな顔で笑いながら、皆に別れの挨拶《あいさつ》をした。

アメリカに？　親父さんが？

そんな話、聞いたこともなかった。僕は呆然《ぼうぜん》としたまま、にこにこと笑っている森島を見つめていた。

翌日から、塾の夏期講習が始まった。僕は毎日、汗だくになりながら家と塾を往復し、冷房がぎんぎんに効いた教室で、ひたすら机に向かった。前期の日程が終わって、やっと少し暇になり、ふと思い立って森島のマンションに行ってみたが、郵便受けのネームプレートは、もう外されていた。見上げれば、もくもくと湧く入道雲のずっと向こうを、小さな飛行機が銀色に光りながら飛んでいた。

# 内緒

さっきから黙りこくったまま、ちらちらと横目でこちらを見ていた香苗が、ついにたまりかねたように「ねえ」と言った。

「お母さんに、言う？」

彼女は小さくため息をつきながら、「そうねえ」と呟《つぶや》いた。ついさっき、電車の中で香苗を見つけた。最近の若い子たちは、どうして人前でも平気で抱き合ったり、キスをしたり出来るのだろうかと、半ば呆《あき》れて眺めていたら、何と、それが香苗だった。こちらの方が恥ずかしくて、電車が駅に着くまで、まともに香苗の方を見られなかったくらいだ。

「お母さん、怒るわよねえ」

少し意地悪い気持ちで言うと、香苗は半分ふてくされ、半分すねたような表情で、「もう」と口を尖《とが》らせる。最初、彼女に気付いた時は、大して悪びれた表情も見せずに、それなりに澄まして、ゆっくりと相手の少年から身体《からだ》を離したものだが、やはり内心は穏やかではいられなかったのだろう。電車から降りるなり、おずおずと近付いてきて、そのまま肩を並べて歩き出したというわけだ。

「お願い、内緒にして、ね？　香苗の気持ちなんか、お母さんには絶対に分からないんだから。彼氏のことだって知らないんだよ」

確かに、香苗にボーイフレンドがいるらしいなどという話は、香苗の母親の口からは聞いたことがない。

「いつから、付き合ってるの」

「二カ月前。文化祭で知り合って」

二カ月、と、彼女はまたため息をついた。たった二カ月。

「悪い子じゃ、ないよ。結構、真面目《まじめ》だし、優しいし」

香苗は嬉《うれ》しそうに微笑《ほほえ》みながら、それに、結構男っぽいところもあるんだから、と続けた。

「分かったけど。でも、ねえ」

彼女は、この十七歳の少女に、どういう言い方をしたら良いものかと考えを巡らした。駄目と言ってやめられる類《たぐい》のことではないだろうし、「みっともない」などと言ったところで、最近の子は皆、こんなものなのかも知れない。

「何となく、可哀想《かわいそう》っていうか、気の毒な気がするわねえ」

彼女が言うと、香苗は細く整えた眉《まゆ》の下の目を大きく見開いた。

「何が？　香苗が？　どうして？」

「何だか、変に急いでる気がするから」

分からない、というように、香苗は小首を傾《かし》げている。

「だって、知り合って二カ月でしょう？　それで、もう、あんなことしていても、何ともないんでしょう？」

「何ともなくなんかないよ。好きだから、ああしてるんだから。嬉しいし、楽しいに決まってるじゃない」

香苗は、今度は明らかに苛立《いらだ》ったように眉をひそめている。

「でもねえ、本当は、誰かを好きになったときって、そういうのを我慢したり、あれこれ想像してるときの方が素敵なんじゃないかなあと、思うけど」

彼女は、口を尖らせたままの香苗を見て、小さく微笑んだ。香苗は、すっと視線を逸《そ》らすと、不満そうな横顔を見せて、黙って歩く。家までは、バスを使わなければたっぷりと二十分は歩く。時間は、まだあった。

「一緒に歩くようになってもね、ああ、手をつなげたらいいなとか、あの人の手のひらの感触って、どんななんだろうとか、そんなことを考えながら、ドキドキするときの方が、素敵な気がするわ」

　彼女は顔を上げて、日暮れの近付いた空を見上げた。

「色んなことを想像はするけど、現実には何も出来なくて、ただドキドキしながら彼のことを見てるときって、一番じゃない？　ドキドキする回数が多い程、いいと思うけど」

「そんなの、中学の頃に卒業しちゃったよ」

「そんなの、卒業するものでもないのよ。そんな風に考えてたら、大人は二度とドキドキ出来なくなっちゃうでしょう」

　香苗は返事をしなかった。彼女は、やはり今の若い子には、そんな思いは理解できないのかも知れないと思った。だから可哀想なのだと思う。

「ねえ、大人になってからも、そんなとき、あった？」

　少しの沈黙の後で、香苗はふいにこちらを見ると、案外真剣そうな眼差《まなざ》しを向けてきた。彼女は大きく頷《うなず》いた。

「そんなこと続けてたら、欲求不満になっちゃわない？」

「恋っていうのはねえ、欲求不満の塊になることよ」

「じゃあ、ハッピーじゃないじゃない」

「それが、いいんじゃないの。特に、大人になってからはね、ああ、自分にもまだドキドキ出来る気持ちが残ってたんだって発見したら、それもまた、嬉しいの」

もう一つ角を曲がると、もう家に着く。家に帰ったら、こんな話はしづらくなるだろう。彼女は、「ふうん」と言ったまま、何か考える顔をしている香苗の、肩まで伸ばした髪をそっと撫《な》でた。

「ドキドキ出来る恋をしなきゃ。おばあちゃんなんか、今だってドキドキしてるんだから」

香苗は目を丸くして彼女を見つめた。

「マジ？　おばあちゃん、恋してるの？」

彼女は微笑みながら、お母さんには内緒ね、と言った。

# アンバランス

# 1

こういうのを潮時というのだろうか。

耳の底に残っている音の余韻を噛《か》みしめながら、新村瞳子《にいむらとうこ》は小さくため息をついた。昨日も一昨日も、この音を聞いた後に同じ思いが頭を過《よぎ》った。昨日も一昨日も、そして今朝も、彼は黙って出かけていった。

昨晩の帰宅時間も、例によって午前一時を回っていた。帰るなり寝て、起きるなり出かけていく。要するに身支度を整えたり、朝食を頬張る三十分くらいしか、実際には顔を合わせていないのと同じことだ。その間に彼から聞いた言葉を、瞳子はすべて思い出すことが出来る。ああ、まいった。寝るよ、もう。ああ。うん。ネクタイ、これでいいよな。今日？　分からない。遅いと思うよ。

そうして残されたのは、鉄製の玄関ドアが閉じられるときの、ばん、という重々しい音だ。このところ、ずっとこう。先週も、先々週も、似たようなものだった。いつの頃からか、その音を聞いた瞬間、瞳子は部屋の空気がぴたりと止まるのではないかという感覚を覚えるようになった。独り残された自分が、まるで真空パックに閉じこめられたみたいに息苦しく、身動きすら出来ない気分になるのだ。そして同じ思いがこみ上げる。

何となく。

どちらかというと、そんなに幸福ではない。ような、気がする。ことさらに声を荒らげて騒ぎ立てるほどのものでもないとは思う。けれど、だからといって気づいていないふりも出来ない。薄ぼんやりとした淋《さび》しさが、全身を包み込む。この感覚は、何なのだろう。

このところ彼の仕事が極端に忙しいから、そんな風に思うのだろうか。まさか。そこまで幼稚ではない。彼がサラリーマンとして、大きなチャンスを与えられたのは嬉《うれ》しいし、誇らしいことに決まっている。それなら、単に退屈なだけなのか。彼とは対照的に半年前に仕事をやめた、そのせいだろうか。だが瞳子は、その考えも即座に打ち消した。

そんなはずがない。かれこれ十年以上も続いた会社勤めから解放されて、瞳子はようやく今、自分たちの住まいを快適に飾る楽しみを覚え、ガーデニングなども始めることが出来た。まるで専業主婦さながらの気楽さを味わうのとほぼ同時に、ちょうど彼が忙しくなったことで、逆に、完全な独身生活に戻ったような身軽な気分も楽しんでいる。

窮屈さから解放されて、一日の時間のすべてを自由に使えることのぜいたくを、瞳子はしみじみ感じている。嫌いだった上司の口癖を思い出すこともなくなり、職場だけに通用していた言葉を使うこともなくなった。電話をとるときに「販売二課です」と言う癖も抜けた。昼間の連続ドラマを楽しみにしたり、昔からの友人と連絡を取り合ったり、その日の思いつきで買い物に出かけたり、映画を観《み》たり、食事をするのは楽しいものだ。本来あまり得意でもない家事にしても、そういう合間にこなすのなら、それはそれで苦にならない。料理のレパートリーだって広がったと思うし、洗濯物の糊《のり》づけも、アイロンがけも上達した。要するに、心のゆとりが生まれた。

何よりも嬉しいのは、以前からの憧れだったアロマテラピーの学校とワインのソムリエスクールに通えるようになったことだ。それらが一段落したら、次には着物コンサルタントの資格も取得したいと計画している。やがては彼とも正式に入籍し、そのうちに子どもも生まれることだろう。子どもが手を離れる頃には、一生の仕事を見つけていたいという長期展望が、瞳子にはある。要するに今は、再び忙しい日々を送るまでの、束《つか》の間《ま》の休息であり、未来への準備期間だと考えている。退屈でなどあるはずがない。

それなのに、朝を迎えるたびに、こんなにひんやりと冷たい気分を味わわなければならない。これまで当然のように思い描いていた未来図が、幻のように揺らいでいきそうな不安がこみ上げるのだ。

「気のせいよ。こんなときもあるっていうだけ。倦怠期《けんたいき》なのかも知れないでしょう？」

声に出して言ってみたものの、真空パックのような室内が、余計に息苦しく感じられるだけだった。今から倦怠期なんて。入籍もする前から。

瞳子は窓辺に立って煙草《たばこ》をくわえた。彼との取り決めでは、きちんとベランダに出て吸うことになっているし、実際、普段はその約束を守っているのだが、だんだん秋が深まるにつれ、何も羽織らずに外に出るのがつらくなってきた。もともと、寒いのは嫌いなのだ。それだけで気が滅入《めい》る。

それでも去年までは我慢していた。肩をすくめてベランダに立ち、白い息と煙草の煙が混ざり合うのを眺めながら、ああ、また一年が過ぎていくなどと感慨に浸り、今年はどんなクリスマスを過ごそうか、どういう年末年始になるのだろうかなどと考えるのは、それはそれで楽しかったはずだ。だが今年は、何となく投げやりな気分になりかけている。どうせこの冬は、特別なことは何もない。そうに決まっている。仕事が忙しいというだけではない。彼にはもう、クリスマスをどうしようとか、そんな気はなくなってしまったのだ。そうでなければ、あの几帳面《きちょうめん》で計画好きな彼が、この時期まで何も言い出さないはずがない。

なぜだか分からない。とにかく、彼は変わり始めている。

細く開けた窓の隙間《すきま》から、吐き出した煙がするり、するりと逃げ出していく。瞳子自身の思いと、時の流れまでもが、一緒に出て行ってしまうようだ。

あ、部屋ん中で煙草吸ったろう。

ふう、と煙を吐き出しながら、彼のしかめっ面《つら》が目に浮かぶ。壁が汚れる。匂《にお》いがつく。彼はいちいち文句を言う。どうせ、自分たちの持ち物でもないのに。単なる賃貸ではないか。何を、そんなに神経質になる必要があるのだ。以前は好もしく感じたはずの、そんな部分までもが煩《わずら》わしくさえ思える。

潮時。

別れについての決断。再び一人に戻ることへの覚悟。

ああ、嫌だ嫌だと、またため息をついたときだった。ふいに、どん、という衝撃音のようなものが響いて、瞳子の考えは中断された。静かだった空気が一瞬、震えた。何ごとかと思っていると、もう一度、今度はガタン、という音が聞こえた。

隣から？ それとも上からだろうか。

耳を澄ませてみたが、それきり何も聞こえなくなった。瞳子は煙草を灰皿に押し当てると、気分を入れ替えるかのように室内を動き始めた。洗濯機を回し、食器を洗い、床にモップをかける。ベッドを整え、トイレを掃除して、洗い上がった洗濯物を干す。少しでも気持ちに弾みをつけようと、お気に入りのCDをかけてみたが、実際は余計に気が滅入っただけだった。彼と初めてコンサートに行ったときのことや、まだ一人暮らしだった頃に、瞳子の部屋で並んでこの曲を聴いたときのことばかり思い出されて仕方がない。

今度、別れるとなると。

やはり、相当に落ち込むことだろう。何もなかったことにするには、彼と過ごした年月は長すぎ、瞳子は少しばかり大人になりすぎた。何しろ、もう三十三だ。

ひと通り片づいた頃には昼近かった。簡単に一人の食事を済ませ、思い立って買い物に出かけることにした。冬枯れの匂いを含み始めた、乾いた空気の中に出ていくとき、ばん、という鉄の扉の音が、やはり胸に重く響いた。

このマンションは四階建てでエレベーターがない。一つの階に五世帯、合計で二十世帯の入る建物だが、この四年近くというもの、瞳子は通路でも、階段でも、人とすれ違ったという記憶が皆無に近かった。会社勤めをしていた頃は、日中ほとんど留守にしていたこともあって特に不思議にも思っていなかったのだが、こうして家にいるようになっても、状況はほとんど変わらない。確か、間取りはどこも2DKのはずだから、瞳子たちくらいの若い夫婦が暮らしても無理のない広さなのに、他に所帯持ちがいる様子もなければ、子どもがいる気配もない。いつでもひっそりと静まりかえっている建物だ。

階段を下りきった一階には、全世帯分の集合ポストがある。ステンレス製の小さな扉が並ぶ中から、自分の部屋である三〇三号室の部分を覗《のぞ》こうとしながら、瞳子はふと、いつもと雰囲気が違っていることに気がついた。全体に、何となくすっきりしている。ところどころ空室になっている部屋の郵便受けにいつも溢《あふ》れかえっていたチラシなどの類《たぐい》が、すべて取り払われているのだと、少しして気づいた。隣の三〇四号室も、また他の階の部屋のいくつかも、いつもタウン情報紙やチラシの類が、色あせた状態のまま一杯に詰まっていたのに、それらが綺麗《きれい》さっぱり消えている。

管理人とは名ばかりの不動産屋が珍しく掃除でもしたのか、または新しい間借り人でも決まったのだろうか。そういえばさっき、何かの物音がしていたことを思い出した。瞳子は、何となく皮肉な思いにとらわれた。こちらが朝な夕な「潮時」などという言葉を思い浮かべているときに、まるで入れ替わるように新生活を始める隣人がいるのかと思うと、ついため息が出た。

2

いつものことながら、終電に近くなってのラッシュは本当に不快だ。酒や焼き肉、ニンニクの匂いなどが混ざり合って空気は濁り、しかも酔っぱらいが多いから、足元のおぼつかない乗客も少なくない。雑音は大きくなり、自然に車内の雰囲気が荒っぽくなる。

後ろからも横からも人に押されながら、自分だってそういう中の一人に過ぎない関島直也《なおや》は、両手で一つのつり革に摑《つか》まっていた。隣には髪の長い女の酔っぱらいがいて、さっきからほとんど夢うつつの状態で、今にも直也の方に倒れかかってきそうだ。男性の中では小柄な部類に入る直也からは、その女の顔が、自分とほぼ同じ視線の高さに見えている。表情は緩み、化粧は落ちているが、そう不細工ではない気がする。

だがこういう女にこそ気をつけないと、下手に親切心など出して抱き留めてやったりしたら、そのまま痴漢と決めつけられる恐れがある。無視だ、無視。

ふと、今度は前の座席に座っている女性が読んでいる雑誌に目がとまった。開かれたページに「今年のクリスマス」とか「彼と過ごそう」などという文字が躍っている。

——クリスマスか。

つい、その文字に引き寄せられそうになっていたときに、隣の女が突然がくっと頽《くずお》れそうになった。案の定、膝《ひざ》の力が抜けたのだ。その拍子に、女の頭が直也の顎《あご》のあたりを直撃した。思わず小さく「てっ」と言いながら隣を睨《にら》んだが、女の方は寝ぼけた表情のまま、それでも慌《あわ》てたように取り澄ました顔をつくろって、つん、と前を見ている。

——謝らねえのかよ、馬鹿《ばか》女。

そういえば瞳子もまだ会社勤めをしていた頃は、電車で立ったまま居眠りをしたとか、膝ががくりとなったとか、よく言っていたものだ。今は、そんな無理をすることもなくなった。どこへ出かけても、大抵は直也よりも早く帰宅して、直也の帰りを待っていてくれる。疲れたとか、うんざりとか、足がむくんだとか、慰めようもないような愚痴も言わなくなった。表情も穏やかになったと思う。

隣の女だって、いつかこういう日々から解放されるときが来ることを夢見ているのに違いない。そう考えれば、少しばかりいじらしい気分にもなった。怒ってみたところで仕方がない。こんな時間にもなれば、疲れているのは皆、同じだった。

ようやく自宅のある駅で降りると、寒そうな空には星がいくつも瞬《またた》いていた。空気が澄んできている。下手をすれば、吐く息も白く見えそうだ。午前一時七分。長い一日が、ようやく終わろうとしていた。直也は途中、ほとんど習慣的にコンビニに寄り、何も考えないままに缶チューハイとカップ麺《めん》を買った。そんな必要のないことは分かっているのだが、何となく、だった。

「これ、食べるの？」

マンションにはエレベーターがない。疲れた夜には、たった三階まで上がるだけでも身体《からだ》がだるい。何とか家まで帰り着いて、のろのろと靴を脱ぎ、ネクタイを緩めていると、玄関先に放り出したコンビニの袋を持ち上げて、中をのぞき込んでいた瞳子が背後から声をかけてきた。いや、そういうつもりでもないんだ。コンビニに寄ったら、何となく買っちゃったっていうだけでさ。まあ、食べても、いいんだけどね。小腹が空《す》いたといえば、そんな気もしてるし。

「だったら、お湯、沸かそうか？　それとも、お茶漬けとかも出来るんだよ。冷凍のうどんだってあるし」

うどんか。いいな。どうしようかな。だけど、これから瞳子に作らせるのは可哀想《かわいそう》だし、それに何か食ったりしたら、余計に寝るのが遅くなるしな。そうそう、明日は朝っぱらから会議なんだ。戦略会議だってさ。俺、今日なんか接待の後で一度会社に戻って、その資料を作ってたんだぜ。

「こういうのを買ってくるっていうことは、今夜も、かなり飲んだんでしょう。いつも、そうなんだから。結局は私がお昼とかに食べることになるんだよ」

だってさ、会社に戻って資料作ってたら、誘われちゃったんだよ。広瀬先輩に。だから、少しだけつき合ったんだ。て、いったって、会社でだよ。缶チューハイだけで。

「食べる気なんて、ないくせに、どうしてこういう癖が抜けないんだろう」

「――そんなこと、ないって」

「じゃあ、食べるの？　本当？」

本当だけど、でもなあ――実際に、声に出して喋《しゃべ》っているのかいないのかも、ほとんど判然としないまま、直也は浴室に向かった。前後に身体が揺れてしまうのを感じながら、何とかシャワーを浴びる。

「何、もう歯磨いてるの？　お湯、沸かしたんだよ。食べないの？」

言ったろう？　明日も早いんだよ。本当、マジで疲れてんだ。そりゃあ、この年で係長っていうのは、確かに早い出世だし、その分、頑張らなきゃいけないっていうのも、分かってるんだけどさ。何しろ――。

「――お前のお陰でさ」

「何、それ」

いや、だからさ、瞳子が色々と助けてくれたお陰で、俺は係長に出世できたわけじゃない。だから俺としては、そんな瞳子のためにも、余計に頑張らなきゃと思って、ね、こう、毎日色々と、やってるわけだ――。

「何が、私のせいなの」

瞳子がまだ何か言っている。分かってる。ラーメンのことだろう？　じゃあ、分かった。食うよ、食う――よろけながら寝室に行き、そのままの勢いでベッドに倒れ込んで、直也は大きく深呼吸をした。食うからね。シーツの感触が気持ち良いなと思った次の瞬間には、もう何も分からなくなった。

「誰か越してきたみたいなの」

翌朝、トーストにかじりついているときに、瞳子が言った。直也は大急ぎで朝刊に目を通しながら「へえ」と応《こた》えた。

「お隣。上かも知れないけど」

「へえ」

「どんな人かと思って」

「なんで」

「何となく」

来月早々、直也の配属されている部署では新商品の販売プロモーションが始まる。それほど画期的とはいえないが、この数年来、安定した売り上げを誇ってきた従来品に、ユーザーからのニーズを加味して新しく生まれ変わった、いわばバージョンアップ商品が発売されるのだ。直也は、その新商品の城西地区営業担当係長として動いている。今朝の会議では、宣伝用に配布するサンプル品のデザインと、配布先のターゲットについて、もう少し詰めていかなければならない。忙しいときには色々と重なるものだ。

「昨日もかなり遅くまで、何だかゴトゴトやってたのよね」

「なんで」

「知らないけど」

さて、もう出かける時間だった。少しぬるくなったコーヒーをひと息に飲みほして、直也は腰を上げた。

「ネクタイ、これでいいよね」

上着に袖《そで》を通しながら、壁にかけられた鏡に自分の姿を映して言ってみる。「いいんじゃない」という返事を聞きながら玄関に向かう。外に出ると、冷たい風が未練がましく残っていた眠気を吹き飛ばした。背中で閉じられるグレーの鉄製の扉の隙間から、小さな声が「いってらっしゃい」と聞こえた。

「ねえ、本当に、誰か越してきたらしいんだったら」

それから数日後の晩も、瞳子は同じことを言い出した。相変わらず、直也の帰りは零時を回っていた。眠気を堪えて歯を磨いている背後に立って、彼女は同じ鏡をのぞき込んで言った。賃貸の集合住宅なのだから、隣近所の住民が入れ替わることくらい、何の不思議もないことだ。直也はやはり「ふうん」としか応えなかった。

「ついさっきまで、何かトントンやってたの」

「トントン?」

「金槌《かなづち》か何か、使ってるみたいな」

「棚でも、吊《つ》ってんじゃないの」

「こんな夜中に?」

鏡越しに見る瞳子は、心なしか沈んだ表情に見える。直也は口元をタオルで拭《ぬぐ》いながら「忙しい人なんだろう」と応えておいた。

「昼間は仕事に出てるんじゃないの。こういう時間しか、家の片付けとかが出来ない人かも知れないしさ」

「でも、越してきたっていう感じでも、ないのよね」

「なんだよ、それ。自分で越してきたって、言ったんじゃない」

「だって、トラックが停まってるところなんて見てないし。大きい荷物を運び込むような様子も、人が出入りしている様子だって、ないし」

「――身軽な引っ越しなのかも知れないよ。単身赴任とか。ああ、俺ね、今度の土日、仕事だから」

「――ええ？」

「接待でさ、ゴルフ」

「ゴルフって。直也くん、あれだけは絶対にやらないって――」

「これからは、そういうことも覚えていかなきゃ駄目だって言われちゃったんだ。部長に。靴とかウェアとか、最低限のものだけ揃《そろ》えれば、クラブのセットはお古をくれるからって。そこまで言われたら、嫌ですとは言えないだろう？　で、今度の週末は、初っぱなからコースに出されるわけ。何しろ現場主義だからなあ、部長」

言うことだけ言い終えると、直也は「寝るよ」と、そのまま瞳子の脇《わき》をすり抜けようとした。すると「ちょっと」と腕を摑まれた。

「もう少し、聞いてくれたっていいじゃない」

普段はほとんど忘れているが、お互いに素足に近い状態で、しかも至近距離に並んで立つと、互いの身長差が明確に感じられる。学生時代はバスケットボールをやっていたという瞳子は、女性にしては長身だった。本人は遠慮がちに一六八センチと言っているが、この目線の角度から考えると、まず間違いなく一七〇センチ以上はあると思う。一六三センチの直也と五センチしか違わないとは、やはり思えない。

「何を？　聞いてるよ」

「何だか変だって言ってるの」

「何が」

「だから」

直也は思わず笑いそうになりながら「瞳子さあ」と彼女を見た。

「何だか、その辺の、噂《うわさ》好きのおばさんみたいだな。隣近所のことなんか、どうだっていいじゃないか」

瞳子の口元にきゅっと力が入る。ちょっと可愛《かわい》い顔になった。一瞬、キスしようかと思ったが、やめておいた。何しろ眠い。それにまだ少なからず酔っている頭の中では、早くも明日の予定についての考えが動き始めていた。

3

おばさん。

ひと晩たっても、瞳子の頭には直也に言われた言葉がこびりついていた。言った本人は、その後はいつも通りの高いびき、今朝も相変わらず、冷たいドアの音だけを残して出かけていった。瞳子がどんな気持ちで眠れない夜を過ごしたか、その証拠に、この朝はどんな顔色と腫《は》れぼったい目をしているか、それさえ気づきもしなかった。

何日か前には「お前のせい」とか何とか言っていた。正式に結婚しているわけでもないのに、瞳子が会社を辞めたりするから、自分だけが必死で働かなければならない、食わせてやらなければならないとでも言いたいのだろうか。

あんまりだ。

何もかも頼っているわけではない。このマンションの家賃だって半分受け持っているし、スクールの費用も、瞳子はすべて自分の貯金から出しているではないか。

やはり、潮時なのかも知れない。あの優しかった直也が、ついに瞳子を責め、おばさん呼ばわりまでするようになった。これではっきりした。彼はもう、瞳子になど何の興味もなくなったのだ。

確かに、今度の春で四年になろうという同棲《どうせい》期間は、少しばかり長すぎたのかも知れない。きちんとした結論を出すタイミングを逃した感は否《いな》めない。だが、仕方がなかった。どちらからともなく一緒に暮らそうかと言い始めたとき、彼はまだ入社三年目になったばかりだった。瞳子の方は、三十路《みそじ》に突入する直前で、本音を言えば、少しばかり焦《あせ》ってもいた。

「瞳子と、ずっと一緒にいたいと思ってる。これからも、ずっと。だけど、もう少し一人前になるまで、見守っていて欲しいんだ」

確か、彼はそんなことを言ったと思う。それに双方の両親が、結婚については容易に首を縦に振らなかった。瞳子の方が四歳上であることが、大きな理由になっていた。結局、周りを納得させ、二人がきちんとやっていけることを示すためには、ある程度の時間が必要だということになった。

四年。

そして、二人は未《いま》だに自由な立場だ。別段、将来まで誓い合っているわけでもないのだし、別れるにあたって清算しなければならないしがらみや、子どもなどが存在するわけでもない。決断するなら、今のうちかも知れない。

まさか、こんな情けない結末を考えなければならないとはと、またため息をついたとき、不意にコリコリ、コリコリ、という音が響いてきた。まただ。反射的に背筋を伸ばし、周囲に神経を張り巡らせながら、瞳子は自分の眉間《みけん》に力がこもるのを感じた。

数日前はトントンだった。どこをどう叩《たた》いているのか、トントン、トントン、という音が壁から伝ってきて、それが、午後の九時過ぎから、かれこれ十一時近くまで続いたのだ。直也に言われるまでもなく、瞳子だってそれを大工仕事の音ではないかと思ったし、隣室だか上の部屋だかは判然としないまでも、とにかく引っ越しに伴う騒音なのだろうということくらいは容易に想像できた。だが、それにしても長かったし、第一、時間が遅すぎはしないか。明らかに非常識だ。

耳を覆《おお》いたくなるほどの、ものすごい騒音というわけではない。だが、放っておけば慣れてしまう、という類のものでもなかった。もしも十一時過ぎまで続くようなら、やはり苦情を言うべきではないかと、瞳子は大いに悩んだ。ただでさえ近所づきあいなど皆無に近い環境で、相手の正体も分からないのに、一人で乗り込んでいって良いものか。逆にどんな目に遭わされるか分かったものではないと考えると、否応《いやおう》なしに緊張した。音が止《や》んでくれたときには、そういう意味でもホッとした。

本当は昨日も一昨日も同じように何かの音がしていたのかも知れないが、この二日間は瞳子の方が外出していたので、悩まずに済んだというだけのことだ。

コリコリ。コリコリ。

一体、何をしているのだろう。テーブルに頰杖《ほおづえ》をついたまま、瞳子は一人で耳を澄ませていた。音は隣室との境の壁の、天井近くから聞こえてくる気がする。前のトントンも、同じようなあたりからだった。ちょうど部屋の片隅の微妙な位置だから、隣室か上階の部屋かが分からないのだ。

コリコリ。コリ。

まるで、細い物で壁でも削っているように聞こえる音は、そのまま瞳子の心にまで何かを食いこませていくようだ。賃貸マンションの一室に、そんなにあれこれ手を加えても構わないものなのだろうか。

単調な音ではある。だが、とにかく神経に障《さわ》る。奥歯でも痛くなりそうだ。瞳子はしばらくの間、宙を睨みつけていたが、ついに小さく舌打ちをして荒々しく立ち上がった。それまで何を考えていたのかも忘れてしまった。

いつまでも続くようなら、今日こそ不動産屋に電話をしようと思っていたのに、気がつくと、コリコリの音は止んでいた。これで止んでくれるのなら、何も角を立てることはないと自分に言い聞かせて、午後になって買い物に出るとき、そっと隣の部屋をうかがってみたが、瞳子の部屋と同じ鉄製の扉の向こうはひっそりと静まりかえっていて、人が越してきたという気配さえ感じられない。

と、すると、上の部屋かしら。

ただでさえ憂鬱《ゆううつ》な日が続いているというのに、何となく割り切れない思いのままで、瞳子は一日を過ごさなければならなかった。

秋が、日増しに深まっていく。勤めていた頃は、街の色が変わり、空の青が遠く澄み渡っていく様を味わったことなど、ついぞなかったと思う。せいぜい、街のイルミネーションとコンビニのおでんの匂いで冬の訪れを感じるくらいだったのに、このところの瞳子は一歩、街へ出るたびに、すぐに切ないような、懐《なつ》かしい思いにとらわれる。子どもの頃に見た風景までが蘇《よみがえ》り、しみじみとした心持ちになるのだ。

陽に照り映えるカラスウリの朱色や枯れ草の匂い、砂利道に長く落ちる影、山の上から裾野《すその》に向かって下りてくる紅葉。モズの鳴き声、赤く実った柿《かき》。いつの間にか卓《ちゃ》袱台《ぶだい》がこたつに代わり、立ち上る湯気が恋しく思えた――何だか、ずい分遠くへ来てしまったような気がする。あの頃の瞳子は、まさか将来の自分が、東京の片隅で、こんな思いで秋を過ごすことになろうなどとは、想像したことさえなかった。年下の小柄な男性と知り合って、理想とかけ離れていると思いながらも、気がつけば籍も入れないままで三年以上も共に暮らすことになろうとは。しかも、さほどドラマチックでもない代わりに、坦々と平和に過ぎていくと思っていた二人の関係に、こんなに早く終わりが来ようとは。

こんなはずじゃあ、なかった。のかな。

直也はゴルフを始めた。よくいえば真面目《まじめ》で勉強熱心な彼は早速、雑誌や入門書などを買い込んでくるようになった。

「ねえ――」

「――うん」

「本当に変なんだったら。本当よ。昨日だって、ズル、ズルって、何か引きずってるみたいな音がしてたし」

「分かったよ」

せっかくの休日も、彼はせっせと練習場に通い、ショップを見て歩き、帰ってくれば上司のお下がりのアイアンを握りながら、夢中になってＤＶＤなどを見ている。一つのことに夢中になっているときに邪魔をされると、彼は極端に不機嫌になる。だからこれまでも、瞳子は出来るだけ機嫌を損ねないように気をつけてきたつもりだ。だが今、瞳子が食い下がらない理由は、これまでとは少し違っていた。自分よりもゴルフに夢中になっている相手に、明らかに、諦《あきら》めの気持ちが育ち始めていた。

バシャッと、思わず飛び上がるような大きな音が響いたのは翌週の半ばのことだ。教室もなく、他に外出の予定もない日だったから、瞳子は一人で夕食を済ませた後、ぼんやりとテレビを見ながら、ついうたた寝をしていた。その時に、まるで瞳子自身が冷水を浴びせかけられたような音がした。

何っ。何、何？

寝ぼけ眼《まなこ》であたりを見回す。隣からというより、頭上から響いたような気がした。天井から何かしたたり落ちてくるのではないかと、怯《おび》えながら見上げていたが、別段、変わったこともないようだ。だが、耳を澄ませるうち、今度はザアザアと明らかに水の流れるような音がしてきた。まるで、この部屋のすぐ前に小川でも出来たか、または頭上の部屋一杯に、ホースで水まきでもしているようだ。

洗濯？　排水の音？　何なのよ、一体。

背筋がぞくぞくとしてきた。どうしてこうも奇妙な音ばかり聞こえてくるのだろう。

時計を見ると、既に午後十時に近い。思い切って不動産屋に電話をしてみたが、こんな時間では誰が出るはずもなかった。水の流れるような音は続いている。ザアザアと。迷った挙げ句、瞳子はジャージの上からフリースのジャンパーを羽織って部屋を出た。足元を冷たい風が吹き抜ける。自然に足音をしのばせるような格好で、まずは隣の三〇四号室を覗いてみることにした。だが、玄関脇の窓の向こうには暗闇《くらやみ》が広がるばかりだ。相変わらず、人がいる気配はない。

するとやはり、上の部屋だろうか。ジャンパーの襟元をかき合わせるようにしながら、瞳子は初めて、マンションの最上階を目指した。たった一階の違いなのに、通路から見える周囲の景色が微妙に変わる。だが、ひっそりしているのは同じだった。明かりの洩《も》れている部屋がないわけでもないが、いずれも瞳子とは無縁の、見知らぬ人の暮らしでしかない。自分の部屋の真上に位置する四〇三号室の前に立って、改めて様子をうかがった。

しん、としている。

ここもやはり、玄関脇の窓から光が洩れていることはなく、ひっそりと暗いままだった。その上、格子《こうし》状の窓枠には、古びた新聞などが挟まったままで、とても人が住んでいる雰囲気ではない。

本当に誰もいないわけ？　誰も？

ドアに近づいて、出来る限り聞き耳を立ててみた。それでも別段、不審に思うような音は聞こえてこない。そんなはずがないのだ。隣の部屋でなければ、この四〇三号室でなければ、理屈が合わない。思い切ってメーターボックスを覗いてみようかと思ったが、こんな夜更《よふ》けに他人の家のメーターなど覗いているところを誰かに見られたら、変に誤解されるかも知れないと思うから、そこまでは出来なかった。こんなとき、多少なりとも隣近所のつき合いがあれば、声をかけて相談することも出来るのだが、今さら、しかも夜更けに見知らぬ家の戸を叩くこともためらわれる。

結局、どうにも釈然としない、薄気味の悪い思いを抱いたままで、瞳子は逃げるようにして階段を下りた。単なる寒気以外の、別の寒さが身体の中を吹き抜けていくような気がする。

「本当なの。気味が悪いんだってば」

今夜こそ、きちんと聞いてもらわなければ困る。その晩、瞳子は直也の帰宅を待ちかねて、彼が帰ってくるなり訴え始めた。だが、今日も疲れた顔で帰ってきた直也は、いかにも面倒くさそうに顔をしかめるばかりだ。

「いいじゃないか、そんなこと」

「そんなこと？　だって、現に迷惑してるのよっ」

「そんなことといったって、しょうがないよ。集合住宅なんだしさ」

「だからこそ、ルールってもんがあるじゃないよ」

直也はうんざりしたように天井を見上げ、それから深々とため息をつく。

「どうせ、ずっと暮らす部屋じゃないんだからさあ」

その途端、瞳子は今度こそ本当に、冷水を浴びせかけられたような気分になった。

そういうこと。

そういうつもりなの。

もう、何も言うことはなくなったと思った。瞳子は半ば呆然《ぼうぜん》と、あくびを嚙み殺している直也を見つめていた。

4

直也は焦っていた。正直なところ、いっぺんに考えなければならないことが多すぎて、パニック寸前なくらいだ。だがそれを、瞳子にだけは気取られたくないと思っている。朝晩、確実に近づいてきている冬の気配と共に、直也は自分の中で始まっているカウントダウンを感じ取っていた。

今度の春で、マンションは二度目の契約更新時期を迎える。実は、直也としてはそれを機に、新居を購入しようと考えていた。つまり、けじめだ。

さあ、僕らの家に引っ越すときが来た。

それを、プロポーズの言葉にするつもりだった。最高のプレゼントとして。そして、新居の間取り図を彼女の前に差し出す。今度のクリスマスに。

今さら改めて「結婚しよう」と言うのもタイミングが摑みにくい上に、何となく照れくさく、かといって、このままにしておいて良いというものでないことは、直也だって十分に承知していた。上司にだっていつ何を言われるか分からない。第一、四年近くもの間、瞳子を宙ぶらりんな状態のままで待たせてしまったという負い目のようなものも、なくはない。だからここは一つ、大決心をした。少し背伸びをしている感はあるものの、思い切って借り物ではない、本物の自分たちの住まいを用意するのが、直也なりの最大のけじめのつけ方であり、愛情表現のつもりだった。

それにしても、不動産を購入するのがこんなにも大変だとは思わなかった。物件探しが面倒なのはもちろんのこと、何といっても返済計画の問題がある。頭金の算定から始まって、公庫や年金からの融資申込手続き、民間のローンはどこでどう組むのが良いものか、金利は固定か変動か、期限は、と、次から次へと頭の痛い問題が持ち上がってくる。それらについての一つ一つを、直也は仕事の合間を縫っては色々な人に聞いて歩き、膨大な資料を集めて回っていた。

そんなことを何一つ知らない瞳子は、最近やたらと隣近所に神経質になっているようだ。暇になったせいか、隣が嫌だ、上がうるさいと、くだらない文句ばかり言っている。そんなタイプではなかったはずだが、万が一、新居をマンションにして、そこでも神経質に文句を言い続ける可能性を考えると、やはり戸建ての方に気持ちが傾いてきている。多少の無理は覚悟の上で、だ。

部長には、出来れば結婚式の媒酌人を頼みたいと思っている。同郷で、しかも同じ高校の出身ということもあってか、仕事の面でも何かと目をかけてもらっているし、チャンスを与えられてもいた。おそらくそのお陰もあって、直也は同期入社の中で一番早く係長になった。刺激的な仕事も任されつつある。だから、ゴルフをすすめられても断れなかった。だが、そのゴルフを言い訳にして、住宅の構造見学会や現地説明会などにも行けるのだから、まあ、もっけの幸いというものかも知れない。

とにかく今は、仕事に集中しなければいけないときだ。だが、クリスマスだって待ってはくれない。こちらの計画を瞳子に勘づかれては元も子もないと思うから、持ち帰れない本や資料が山とある。秋口からの直也は、残業でないときでも会社に残って、それらを検討していた。そのために、さすがに最近、疲れがたまってきている。

「ねえ、どうして聞いてくれないの。不動産屋さんも、直也くんも！　何で私の話を信じてくれないのよっ」

その朝、ついに瞳子が金切り声を上げた。

今日は午前中に会議を一つ済ませて、その後、得意先に回り、午後には銀行に就職した大学時代の友人に会って、ローンのことについて相談するつもりだった。三時からは別の約束が入っている。五時半からもう一度社に戻ってミーティング、七時からは部長と課長のお供で、得意先の接待だ。そんな段取りを考えているときに、瞳子の声が鼓膜を刺激した。

「何だよ、もう。朝っぱらから」

「朝じゃなかったら、いつ話せばいいのっ。毎晩毎晩、帰りは真夜中で、しかも酔っ払ってないときがないじゃない！」

「しょうがないじゃないか。今は――」

「何がしょうがないの！　私が毎日、この部屋でどんな思いをしてると思ってるのよっ。いつだって独りぼっちで、隣だか上だか分からないけど、トントンとか、ザアザアとか、変な音ばっかり聞かされて」

「だから言ってるじゃないか。何も、こんな部屋のことに、そんなに神経質になることないって」

「こんな部屋？　こんなでもどんなでも私たちが一緒に暮らしてる所でしょう？　どうして、そんなことが言えるのっ」

「うるさいなっ！」

つい、怒鳴ってしまった。目の前の瞳子の表情が、一瞬のうちに凍りついたのが分かった。しまった、と思ったが、直也だって腹が立っていた。

「――やめてくれよ、朝っぱらから。人の気も知らないで」

「人の気って、じゃあ――」

「瞳子さあ、ちょっと暇すぎるんじゃないのか？　だから、そんな夢みたいなことを言い出すんじゃないの？　何も隣近所のことを探るために、会社まで辞めたわけじゃあ、ないんだろう？」

「何よ――だったら、嘘《うそ》だって言うの？　妄想だって？　私の言ってること、本当に信じてくれてないわけ？」

瞳子は、名前の通りに丸くて大きな目をしている。その目を精一杯に見開いて、食いつきそうな表情で、彼女は直也を見つめてくる。

「だって俺は、一度だって聞いたこともないじゃないか」

「それは、直也くんがいつも帰りが遅いからじゃないのっ」

「だったら、誰かが俺の留守を狙《ねら》ってるっていうの？　何のために。やめてくれよ、そこまでくると、冗談にならないよ」

もう出かける時間だった。直也は慌ただしく立ち上がり、片手でズボンについたパンくずを払いながら上着を着込んだ。今日は、扉の隙間から「いってらっしゃい」の声は聞こえなかった。

満員電車に揺られながら、直也は、何とも言えず苦々しい思いを味わっていた。取りあえず、後からメールでも飛ばしておこう。ごめん、くらいは言っておこうと思う。だけど、何もかも瞳子のためなんだから。

分かってくれよ。

喉元《のどもと》まで出かかっているのは、そのひと言だ。だが、それを言ってしまっては、これまでの苦労が水の泡というものだった。男というのも、なかなかつらいものだ。所帯を持ち、家を持つなどということは、生半可な覚悟では、とても出来ない。俺もガキじゃあ、なくなったな。

嬉《うれ》しいとも悲しいともつかない気分だった。考えてみれば瞳子が直也と暮らし始めたのが、今の直也と同じ年齢のときだ。あの頃は、直也の方は浮かれただけの気分だったように記憶しているが、おそらく彼女の方はそれなりに覚悟をしていたのだろうということが、初めて察せられる気がする。早く一人前になってねと微笑《ほほえ》んでいたが、あの時点で、瞳子は相当に決心して、自分の人生を直也に預けたのに違いない。

やっぱり、けじめだ。けじめ。

一人前になるための。

何度も自分に言い聞かせながら、直也はラッシュに耐えた。これから最長三十五年のローンを抱える。子どもだって欲しい。もっともっと、背負う荷は重くなるだろう。こんなラッシュくらい、耐えられなくてどうするという気分だった。

次の土日も、瞳子にはゴルフの練習に誘われていると嘘を言って、直也は都内や近郊の物件を見て歩いた。前々から、ことあるごとに「住むんだったら」という想定で、暮らしたい沿線地域や立地条件など、瞳子とは色々な話をしてきているから、彼女の希望はおおよそ把握しているつもりだ。そういう条件を満たしつつ、通勤の便や行政サービスの充実、もちろん建物の造りや間取り、そしてローンの返済計画など、あらゆることを考えながら歩き回るのは、夢が膨らむ一方で現実に押しつぶされそうになり、思った以上に疲れるものだった。

そして、また一週間が始まる。ある晩、やはり深夜に帰宅すると、室内が明らかに煙草《たばこ》臭かった。直也は眉《まゆ》をひそめて瞳子を見た。

「部屋ん中で煙草、吸ったろう」

すると瞳子は憂鬱そうに唇を尖《とが》らせ、「だって」と横を向いた。

「ベランダに、出たくないんだもの」

「なんで。やめられないのはしょうがないにしても、吸うんだったら無精しないで外でって、前から――」

「違うってば。気味が悪いの」

「何が。ベランダが？　どうして」

「――変なものがあるから」

ネクタイを緩めながら、直也は自分の顔がさらに険しくなるのを感じた。ただでさえ煙草の匂いは大嫌いなのだ。その上に、今夜もまた妙なことを言い出すのかと、思わず苛立《いらだ》ちがこみ上げてくる。

「直也くんには言わなかったけど、先週、黒いハイヒールが落ちてたことがあるの。片一方だけ。それに今日なんて、びしょびしょに濡《ぬ》れたタオルが、投げ込まれてた」

「——何だよ、それ」

瞳子は「そうでしょう」と、さっと顔を上げる。忌々《いまいま》しげに、わずかに首を傾《かし》げて、彼女は直也よりも高い視線から、こちらを見据えてきた。

「変だと思うでしょう？　だってここはマンションの三階だもんね。そんなものを投げ込まれるはずがないって言いたいんでしょう？　だけど、本当なんだもん！」

「——じゃあ、それ、どうしたんだよ。靴とタオル」

「捨てたわよっ。そんなもの、気味が悪い」

やれやれ、だ。一体、瞳子はどうなってしまったのだろうか。普通、ベランダにそんなものを見つければ、単純に上の階から落ちてきたと考えれば、それで済むことではないか。

「上の階には、誰も住んでないのよ。嘘だと思うなら、自分で見てきてよ」

「嫌だよ、こんな遅くに」

「でも、本当なんだったら。本当に——」

「もう、分かったよ」

「分かってない！　直也くんにとっては、こんな部屋のことなんか、どうだっていいんだろうけど、私にとっては——」

「ああ、どうだっていいよっ、こんな部屋！」

まったく。どうして帰ってくるなり、こんなことで怒鳴らなければならないのだ。全身の力が抜けるようだ。一体、誰のために、こんなに毎日、疲れ果てていると思っているのだ。せめて春まで、いや、クリスマスまで、辛抱してくれたって良いではないか——。

結局、その晩は瞳子の顔もまともに見ないまま、直也はそそくさとベッドにもぐり込んでしまった。本当は今日こそ、少し腹が減っていたが、そんなことを言う気にもなれなかった。

5

「要するに、瞳子に関心がなくなったってことなんじゃないの？　ほら、よくいう、あれ。釣った魚に餌《えさ》はやらないって」

上目遣いに見つめられて、瞳子はつい視線を落とした。友人の持つフォークの先が真鯛《まだい》と帆立のマリネを突《つつ》くのが見える。同じ職場で同期だった宮下律は、瞳子と彼との馴《な》れ初めから現在に至るまでを、誰よりもよく知っている友人の一人だった。

「人って、変わるのかなあ。前は、そんなじゃなかったのに。最近は、何かっていうとイライラするし。いくら忙しいんだか知らないけど」

「単に忙しくて、イライラしてるのかねえ」

律が、試すような目を向けてくる。

「——どういう、意味」

働いていた頃はよく来たイタリア料理の店だった。都心のビルの地下にあるリストランテは、内装全体に暖かみのある色合いの石を多用していて、田舎風のカジュアルな雰囲気を醸《かも》し出している。週末ということもあるのだろう、店内は勤め帰りの団体やカップルで賑《にぎ》わっていた。

「だって、そう思わない？」

今も仕事を続けている律は、この秋に主任になった。服装も雰囲気も、いかにも働いている女性らしく、オーダー一つするのでも歯切れが良い。こうして久しぶりに向き合っていると、瞳子の中には、自分一人が社会の枠組みからこぼれ落ちてしまったような、奇妙な淋《さび》しさがこみ上げた。自由になったと喜んでいたけれど、もしかすると、実際は人生の選択を間違えたのだろうか。取り返しのつかない失敗をしたのだろうかと、思わず不安になりそうになる。

「だって彼、おばさんって、言ったんでしょう？　瞳子のこと」

律は忙しくナイフとフォークを使って料理を口に運び、綺麗《きれい》にマニキュアを塗った指先でパンをちぎる。そのパンに少しのオリーブオイルをつけながら、彼女は相変わらず瞳子から目を離さない。

「前だったら、絶対に言わなかった台詞《せりふ》じゃない？」

「そりゃあ——前はおばさんじゃなかったわけだし」

「瞳子の言うことを信じてもくれないんでしょう？　て、いうか、真面目に聞こうともしないわけだ」

「——まあ、確かに、証拠がないし」

「毎日、正味三十分くらいしか顔を合わせる時間がなくて」

「今は特に、新商品が出る直前だから」

「その上、土日も留守。一丁前にゴルフなんか始めちゃって」

「部長には逆らえないもの」

律は、ふん、と小さく鼻を鳴らして「かばうわね」と皮肉な笑みを浮かべながら赤ワインを飲む。久しぶりに来た店の味は、多分、以前と変わっていないのだと思う。律の反応を見ていれば分かる。それなのに瞳子には何一つ美味《おい》しく感じられなかった。

料理も、ワインも。やたらと舌に残る。

「じゃあ、百歩譲ったとしてよ、それなら彼は、いつまで瞳子を今みたいに中途半端《はんぱ》な状態にさせておくつもりなのよ。あんたが、それでいいとでも言ってるわけ？　いい歳《とし》をして、学生かフリーターのカップルみたいに」

「それは、タイミングっていうか――」

「あんたが甘やかした点もあるとは思うわよ、多分ね。だけど、彼だってもうじき三十になるわけでしょう。しかも平社員じゃなくなったんだもの。私生活でだって、それなりにしっかりしてもらわなきゃ、困るじゃないの」

律は最初から瞳子と直也のことについて、積極的に賛成してくれていなかった。釣り合いが取れないというのが、その理由だ。いい、瞳子。大切なのは釣り合いよ、釣り合い。あんたと彼、釣り合いが取れてると思う？　あんな、頭でっかちの小猿みたいな男と。何度、同じ台詞を聞かされたか分からない。

「どうなんだろう、彼の本音の部分は。今さら、妄想癖の出てきたおばさんなんかと、一緒になる気が、あるのかねえ」

「――そこまで言わなくたって」

だって、と律は鹿肉《しかにく》のステーキを頬張り、またワインを飲んで、真っ白いナプキンで口元を押さえる。

「少なくとも、彼はそう思ってるんじゃないの？　出世頭の係長さんは」

そうだろうか。そんな風に思われているのか——情けない思いで律のフォークがパスタをくるくると絡《から》めていくのを眺めながら、瞳子の方は、一向に食欲が出て来ないままだった。皿に取り分けられた料理もまるで減っていかない。

憂鬱と不安ばかりがどんどん膨らんでいく。一人取り残される朝の、真空パックのような空気が思い出された。あの部屋で、瞳子は明日もまた正体不明の不気味な現象に怯え、直也からも理解されないままに暮らしていかなければならないのだろうか。いつまで。

「ケリをつけるんなら、早いほうがいいんじゃないの？　今のうちなら、ほら、戸籍だって綺麗なわけだし」

「——それは、そうだけど」

「もちろんね、これから一生、彼のお守りをして生きていくのも、あんたの自由。瞳子の人生だからさ。彼とそっくりの、頭でっかちで猿顔の子どもでも生んで」

律は、さっぱりしていてつき合いやすい性格なのだが、何しろ口が悪い。その上、極端過ぎるくらいの理想主義で面食いと来ている。だからこそ、一向に恋人の出来る気配さえないのだが、下手なところで妥協して人生を狂わされるよりは、理想の相手を待ち続ける方が良いと断言してはばからないのが彼女だった。

「結局、長すぎた春ってヤツなんじゃないのかねえ」

律の言葉はいちいち胸に突き刺さる。たまには罪のない噂話にでも花を咲かせて気晴らしをするのも良いだろうと思ったのに、余計に憂鬱になっただけだった。早くも胃がもたれている。悔しい。腹立たしい。情けない。だが、それはべつに律のせいではない。悪いのは直也だった。

「さて、どうする、これから。カラオケでも、行っちゃう？」

食事を終えて暖かい地下から外に出ると、律が張り切った顔で言った。乾いた夜風が余計に冷たく感じられる。歩道の脇に立って、手元の時計をのぞき込もうとしたとき、待ちかねていたように瞳子の携帯電話がメールの着信を伝えた。見ると、ほんの二時間ほどの間に、六通ものメールが届いている。着信を知らせるマークも出ているし、留守番電話にもメッセージが残っていた。そのすべてが直也からのものだった。

〈ごめん！　瞳子の言ってること、本当だった〉

〈鳴ってるぞ、おい、鳴ってる！　何か、カチャカチャ、カチャカチャ、いってやがる！〉

〈どこに行ったんだ？　俺、今日は早く帰ってるのにさ〉

〈どこにいるんだってば！　メール見てないのか？〉

〈まじかよ！　隣にも上にも、人なんかいないんだ。今、見てきた〉

〈あやまるからさ。ごめん！〉

矢継ぎ早に短いメールが入っている。その一つ一つを読み、ついでに留守番電話のメッセージも聞いた。

【もしもし？　大変だぞ、今、ベランダに水が流れ込んできてるんだ。不動産屋に電話しまくってるところだよ。瞳子、疑ってごめんな。早く連絡くれよ！】

思わず笑ってしまった。そのままの笑顔で律を見ると、スーツの襟元に大判のマフラーを巻いて、腕組みをして立っていた彼女は、諦めたような表情になって肩をすくめる。

「要するに、犬も食わないってことね。まあ、うまくやんなさいよ。可愛いお猿さんによろしく」

彼女は小さく手を振ると、颯爽《さっそう》とした後ろ姿を見せて、地下鉄の駅に向かっていってしまった。瞳子は、その後ろ姿を見送りながら、はやる気持ちで直也の携帯を呼び出した。二度ほどの呼び出し音の後で、すぐに直也の声が「今、どこ」と言った。

「焦った。家出でもしたのかと思った」

「どうなった？」

「会ってから話す。それより瞳子、飯は？」

「――軽く。友だちと」

「何だ。久しぶりに瞳子と食べようと思ってさ、待ってたのに」

「じゃあ、待ち合わせしない？　私、三十分以内に戻れるから」

「だったら『プレフェリート』にしよう。しばらく行ってないし」

直也の声は当たり前のように、瞳子たちが暮らす町の駅前にある、小さくて家庭的なイタリア料理の店の名を言った。瞳子は、つい苦笑しながら「分かったわ」と応《こた》えた。まるで、さっき食べられなかった分を取り戻せと言われているような気分だった。

人混みをすり抜け、混雑する電車に揺られる間、瞳子は久しぶりに昔のデートの気分を思い出していた。毎朝毎晩、顔を合わせてきた相手なのに、何だかとても懐かしい人に会うような感覚だ。電話を切る直前に聞いた「待ってるから」という声が、いつまでも耳の底に残り、霧のように全身に立ちこめていた淋しさを吹き消していく。

『プレフェリート』では、久しぶりに顔を見る女主人が、「お待ちかねですよ」と笑顔で瞳子を迎えてくれた。時間が遅いせいか、他に客の姿はなく、奥のカウンターに直也の姿だけがあった。板敷きの床に靴音を響かせて、瞳子はゆっくり、その背中に近づいた。直也は小さく振り返り、半分照れたような表情で口元をほころばせた。

「もう、始めてるよ。飢え死にしそうだったから」

彼は早くも何杯目か分からないビールのグラスを空けながら、「何にする」と言う。

「もう、少し飲んできたんだろう？　だったら、ワインから？」

「ワインじゃなくて、何か、もっとさっぱりしたものを飲みたい感じ」

だからといって、ビールを飲む気分ではなかった。どういう食べ方をしたにせよ、胃袋の方はもう大分、落ち着いてしまっている。あとはゆっくり、心を解きほぐしていきたい。

「ハイボールなんて、いかがです」

厨房《ちゅうぼう》にいる主人が、やはり久しぶりとも思えない打ち解けた表情でこちらを見た。

「ハイボール？」と、瞳子は直也と主人とを見比べた。ここでウイスキーをすすめられるとは思わなかった。

「舌に残りませんし、これからお出しする料理にも合うと思いますよ」

しばらくすると、大きめのグラスに満たされた金色の液体が出てきた。わずかに揺れる細かな泡が透明の氷の間をすり抜ける。その中でレモンの黄色が柔らかい光を放っているように見えた。瞳子は思わず「きれい」と目を細めた。

「信じてなかったわけじゃあ、ないんだ。だけど、軽く考えてた。あんなことまでされるとは思わなかったから」

乾杯の後、直也は「ごめんな」と、短い言葉で謝った。よく冷えたハイボールは、舌触りも喉ごしも潔《いさぎよ》く、見た目と同様に綺麗な味だった。少しずつ出されるサラダやアンティパストのどれとも、意外なほどに合っていた。隣では、直也が旺盛《おうせい》な食欲を見せている。その横顔を眺めるうちに、少しずつ身体《からだ》の芯《しん》が温まっていくのが感じられた。

「今さ」

この店オリジナルの、若鶏《わかどり》のエスカベッシュが出された頃、直也は再び口を開いた。

「作戦の途中なんだ」

「――新商品の、でしょう？」

「違うって。クリスマス大作戦」

「何、それ」

「クリスマスのお楽しみ。作戦だから」

直也は悪戯《いたずら》小僧のような愛らしい顔で笑っている。言いたいことは山ほどあった。

何を勝手なことを言っているのだ。それよりも、どうしてもっと瞳子の話を信じてくれなかったのだ。そんなにおばさんだと思っているのか。第一、瞳子のことを、これからの二人の未来を、どう考えているのだ——だが、何を言うよりも先に、つい笑ってしまった。

「子どもみたい」

サーモンとほうれん草のパスタに取り組んでいた直也は一瞬、何か言いたそうな顔をしたが、すぐに食べることに集中する。驚くべき速さで次々に料理を平らげ、ビールを飲み干した後は、彼は瞳子と同じハイボールを注文した。

「ちょっと見は合わないようでも、ぴったり合うことって、あるんだよなあ」

一口、飲んで、ふうん、と大きく頷《うなず》きながら、直也は大きなグラスを眺めている。それから、「ねえ」というようにこちらに微笑みかけてきた。瞳子はわざと「さあね」と横を向いて、煙草の煙を吐き出した。

「なあ、その煙草ってさ、やめられないの」

「やめるわよ。そのうち」

「本当かな」

いつか子どもが出来たら、それを機にきっぱりとやめるつもりでいる。だがそれは、いつのことやら。夜が、静かに更けていく。金色のカクテルの向こうに、キャンドルの明かりが揺れて見えた。

すべての原因が、斜め上の部屋にあったと分かったのは翌日のことだ。家主の親戚《しんせき》の、自称「アーティスト」なる人物が断りもなしに空室に入り込んだ上に女友達まで連れ込んで、滅茶苦茶な使い方をしていたらしい。とにかく、壁といわず天井といわず、室内すべてが青や赤などの原色のペンキで塗りたくられ、部屋の真ん中にはぽつんと古い四つ足のバスタブが置かれていて、本来は洗濯機を置くベランダからホースが引き込まれていた。そのバスタブの周囲にバラバラにされたマネキン人形と無数のキャンドルとが並べられていたという。壁には女性の下着や靴、ギターなどが貼《は》り付けられ、天井からも人形がぶら下がっていたし、その他にも方々からマネキンの手や足、尻《しり》が「生えている」ような印象で取り付けられていたということだ。不動産屋の話では、アートというより一見して覚醒剤《かくせいざい》でも使用していたのではないかと疑われるものだったため、家主には「警察に言った方がいい」と伝えたらしい。あんな状態にまでなってしまったら、部屋を元通りにするためには相当な費用がかかるだろう、とのことだった。

「さすが、東京ねえ」

「あ、いけねえ、もう時間だ」

新しい一週間の始まりだった。ばん、と鉄の扉が閉められる。一人で残されて、それでも瞳子は、もう息苦しさを感じなかった。何が起きるか知らないが、とにかくクリスマスまでは、待ってみようと思っていた。

# 早朝の散歩

男はプラットホームの中ほどにたたずんでいた。他に人気はなく、吹き抜ける風は身を切るように冷たい。電車のドアが開いて、吹き込んできた寒風に思わず目を細めながら、彼女は正面から彼を眺めた。

電車に乗るつもりがあるのは、一歩前に出した足と、その手に握られた白い杖《つえ》で分かった。だが、男は白線よりも随分奥まった位置に立っていて、その足取りでは、とてもこの電車に乗ることはかないそうにもなかった。

「乗るんですよね？」

気がついた時には、電車から降りて男に駆け寄っていた。目の不自由な人には、急に触れてはかえって危険だと、以前、どこかで聞いたことがある。彼が少しだけ首を動かしたところで、初めてその腕に手を伸ばす。

「ありがとう」

少しハスキーな声が答えた。

「車掌さんが待ってくれてるから。乗っちゃいましょう」

男の横顔に微《かす》かな笑みが浮かんだ。白い息を吐きながら、その横顔は何の不安もなさそうに、彼女の案内に従って進む。二人が電車に乗り込んだところで、ピーッと笛が鳴った。

「座ります？」

夜明けの電車だというのに、空席は思いの外少ない。誰もが疲れた顔をして、あるいは眠り、あるいは本を読み、男にも、彼女にも、興味を示す者はいなかった。

「僕は、このままでいいけど。あなたは座りたい？」

動き出した電車の、ドアの脇《わき》にもたれかかって、彼は静かに言った。

「私は、もう次で降りるから」

電車は急行だった。この先、幾つかの小さな駅を素通りすれば、次には彼女の目指す駅に着く。

「こんなに早くから、仕事？」

彼女は「散歩」と答えた。

「散歩か。僕は、仕事。毎晩、ピアノを弾いてるんだ」

「朝まで？」

「明け方。電車が動く時間まで待って、それで帰る」

電車が鉄橋に差し掛かった。川を渡るのだ。さっきまで薄いグレーだった空の色が薄紫に変わって、昇り始めた太陽が、川面《かわも》を金色に染めていた。

「お陽様《ひさま》が、昇ったわ。川が光って、すごくきれい」

「分かるよ。明るさは、分かるんだ。まぶしいくらいだね」

彼は、朝陽を浴びた横顔をほころばせて、「ああ、あったかいね」と呟《つぶや》いた。彼女は少しの間、わずかにひげ剃《そ》りあとの目立ち始めている男の横顔を眺めていた。

「いつも、この時間に散歩をするの？　電車に乗って？」

「たまたま。夕べ、眠れなかったものだから」

思わず微かにため息を洩《も》らしながら、彼女は呟いた。寝不足の目には、朝の陽射しはまぶし過ぎて、目のふちがひりひりと痛んだ。

「だったら、僕が弾いてる店に来ればよかったのに」

「本当。そうすればよかった」

「今度は、そうすればいい。僕はいつでもいるから」

急に涙のかたまりがせり上がってきそうになった。彼女は口を噤《つぐ》み、男の言葉を噛《か》みしめていた。いつでも、いるから。

「もう、しっかりと覚えたから。来てくれれば、すぐに分かる。絶対に気づいてみせる」

男は彼女の腕を摑《つか》むと、自分の方に引き寄せ、「約束する」と呟いた。電車がスピードを落とし始めた。

「残念だな」

男が呟いた。

「こんな時、やっぱり見えたらと思う。あなたの顔」

「見たら、がっかりするわ」

彼女はくすりと笑った。本当に、とても見せられるような顔ではない。目は落ちくぼんで充血し、化粧もしていない、疲れ切った顔。

「しないさ。絶対に」

彼は断固とした口調で言った。

「分かるんだ」

「何が？」

「あなたは僕を見つけて、手を引いてくれるだけの柔らかさを持ってる。朝陽が昇って、川が光ってたことも教えてくれた」

「偶然よ」

「偶然でも。そんな人と会えることなんか、滅多にない」

電車が駅に着いた。彼女が「じゃあ」と言うと、男は「またね」と答えた。

「いい一日を」

朝の陽射しが至る所に長い影を落とす初冬の街を、彼女は白い息を吐きながら歩いた。やがて一軒のアパートの前まで来ると、彼女は二階の一室を見上げた。朝陽の当たらない窓にはカーテンが引かれ、ひっそりと静まり返っている。

恋しい人は、まだ眠っているのだろうか。それとも昨夜は帰らなかったのか。昨晩、何度電話をかけても、彼は出なかった。そして彼女は眠れない一夜を過ごした。いつでもいると、そう言って欲しい人なのに、彼はいつも彼女を不安にし、そして平気な顔をしている。

あの男は結局、毎晩ピアノを弾いているという店の名前も、場所も告げなかった。

彼女も聞こうとはしなかった。たった数分の間に、彼女が聞きたかった言葉をすべて言ってくれた男の話を、いつか彼にも聞かせられる時が来るだろうかと思いながら、彼女は彼の部屋を見上げていた。

# キープ

# 1

後悔してる。

あのとき、誓ったことを。

人を好きになるのは、人生に一度きりで構わないと。

これが最初で最後だと。

そんなことを誓ってしまったことを、心の底から悔いている。いくら半分子どもだったとはいえ。

初恋というわけではなかった。だが、あそこまで思い詰め、本気になったのは、生まれて初めてだった。誰かを好きになるということが、こんなにも不幸せで苦痛を伴うものだとは、それまでは思いもしないことだった。

寝ても覚めても苦しくて、切なくて、他のことは何も考えられず、小さなことにも一喜一憂して、心はいつも嵐《あらし》の中にいるようだった。用もないのに夜更《よふ》かしをしては、深夜ラジオから安っぽい歌が流れてきただけで、わけもなく涙を流したり、突然、詩人のような気分になって、真新しいノートのページに詩とも散文とも、彼への手紙とも思えないような言葉を書き連ねることもあった。

迷いに迷った挙げ句、やっとの思いで親の目を盗んで彼に電話をして、虚《むな》しく鳴り続けるコール音を聞いているだけで、もう死んでしまいたいくらいの絶望を味わった。

「ただ留守だと思っただけで、動揺して、落ち込んで。避けられてるんじゃないかと思ったり、もう、今にも嫌われて、フラれるんじゃないかと思ったり。どんな真夜中でも、その人のアパートまで飛んでいきたいくらいだった。あの頃は携帯電話どころか、留守番電話だって、どの家にもついてたわけじゃなかったし。特に彼は、貧乏大学生だったから」

そんな彼と、せっかく一緒にいられても、今度は自分の嫌なところばかりが目についていて、どんどん自分が嫌いになった。小さなことに突っかかったり、情緒不安定になったりする自分が分からなかった。たとえ嘘《うそ》をついてでも、大芝居を打ってでも、何としてでも振り向いて欲しくて、でも結局は何が出来るわけでもなく、とにかく一人でじたばたしていた。

「あの年頃の恋愛なんて、そんなもんでしょう、大体、誰でも」

「今なら、それが分かるんですけど、あの頃は――誰にも相談出来なかったし、何しろ、周りなんて、何ひとつ見えなくなってるんですから」

時には目の前の風景一つ一つが、すべて映画のシーンのように美しく見えたかと思えば、また時には、冷たく凍りついた沼に引きずり込まれるような不安を感じた。彼といたいと望むことで、もっとも学んだものといえば、それは孤独だった。

そんな独り相撲を繰り返している間に、結局、くたくたになってしまった。ちっとも幸せなんかじゃなかった。それなのに、どうしても諦《あきら》められなかった。そして、誓った。

「もう二度と、誰かを好きになったりしないって」

カウンターに置かれたグラスの、表面の細かな汗を指でなぞりながら、私はゆっくり呟いた。

「だから神様、私の願いをかなえてください。この人生を、彼と――心から愛する人と歩むためだけのものにしてくださいって――人生の意味なんて、知りもしなかったくせにね」

たった十五歳の、今にして思えば実に幼く、平凡で、ちっぽけな恋だった。そして、誓いをたてた何カ月か後には、いとも簡単に彼を失っていた。泣いて、憎んで、恨んで、それでも諦めきれず、ただ逢《あ》いたくて、もがけばもがくほど惨《みじ》めになって——そんなことを繰り返している間に、高校生活の大半が過ぎ去ってしまった。

　ほんとう。本当に後悔している。

　あれから二十年。私は、結局は他の誰のことも好きにならないままで来てしまったのだから。誓った通りに。

「本当に？　だけど、まるっきり誰ともつき合わないで、今日まできたっていうわけじゃあ、ないでしょう」

　もちろんだ。

　最初は、十五の私の心を置き去りにして立ち去った、彼への腹いせのような気持ちだった。彼を忘れて、立ち直るためのきっかけ作りだったこともある。

「ずっと独りで居続けるなんて、あんまり淋《さび》しいもの」

　それに、こう見えても私に好意を寄せてくれた男だって、まるでいなかったというわけではない。

「そりゃ、当然だと思いますよ」

　でも私は、もう二度と、十五のときのような苦しみを味わいたくはなかった。懲《こ》り懲《ご》りだった。だから、自分の気持ちはさておき、とりあえず私を望んでくれる相手の中から、少なくとも嫌な感じがせず、あとは出来るだけ条件の揃《そろ》っている人を選ぶことにした。外見。学歴。家庭環境。

「強気になるんですよね。私の方は、つき合ってあげてるんだっていう思いがあるから。わがままだし、気まぐれだし、相手のことなんか、まるで思いやらないし」

「いいじゃないですか、そういうのも。お姫様みたいで」

「でもね、そんなことしてると、いくら最初のうちは一生懸命な相手だって、さすがにそのうち、気がついてきますから」

愛がない。想《おも》われている実感がない。自分の方を向いていない。おまえの心が分からない。もうこれ以上、振り回されたくない。疲れた——似たような台詞《せりふ》を、何度聞かされたか分からない。私はいつも何回かは泣いて見せ、そして最後には、そっぽを向いた。

嫌なら、やめれば。終わりにすれば。

それで、平気だった。そのうちまた、誰かが私を求めるだろう。それを待つ。求められれば、応じる気持ちは持っていた。独りぼっちにさえならなければ、それで良いと思っていた。それに、ひょっとすると今度こそ、運命的な出会いが待っているかも知れないと、密《ひそ》かに期待もしていた。

「運命的な、ね。それで、いいご主人と出会って」

「だったら、よかったんですけど——それだって向こうから何回も結婚したいって言われたからだし」

「じゃあ、嫌々？」

「もちろん、嫌いじゃないからこそ、結婚する気には、なったんです」

今夜は馬鹿《ばか》に暇な晩で、さっき、アルバイトの女の子も帰っていった。カウンターの向こうでは、暇なときだけ出してくる、折りたたみ式の小さな椅子《いす》に腰掛けて、髪にも髭《ひげ》にも、白いものが目立ち始めているマスターが、ゆっくり煙草《たばこ》を吸いながら、「ふうん」というように静かに頷《うなず》いて、こちらを見ている。

「それに、一緒にいるうちに少しずつでも、きっと本当に好きになっていくんじゃないかって、そうも思ったし。恋愛感情というのとは違っても、もっとしっとりした、落ち着いた感情が」

実際、寝食を共にしていれば、愛は育たなくとも情は生まれる。その部分でつながりあえれば、それはそれで大丈夫なものではないかと、私はそんな風に考えていた。見合い結婚と同じようなものだと。

「情は、ね。でも、それだけじゃあ、駄目だったんだ。結局」

返事の代わりに、つい、ため息が出た。

私の結婚生活は五年で破綻《はたん》した。当初から、夫は子どもを望んでいたが、私がどうしても、それを拒否し続けたからだ。まだ早い、もう少し二人きりの生活を楽しみたい、仕事が忙しいなどなど、色々と言い訳をしては、断固として避妊を求め、時として彼を拒絶した。どうしてなんだ、と夫は声を荒らげた。その怒鳴り声を聞きながら、ある夜、私は自分自身の心の叫びを聞いた。

――だって、愛してないんだもの。

あのときほどはっきりと、それを感じたことはなかった。いい人だと思っている。夫として大切にしようとも考えていた。だが、彼の血を受け継ぐ子どもを産みたいとは、思ってはいなかった。

友人の中には、相手に対する愛情の有無や、結婚するしないはともかくとして、とにかく子どもだけは産みたいという者も少なくない。生身の男などいらないから、とりあえず条件の整っている遺伝子を体外受精で我が子に注ぎ込むのが、厄介がなくてもっとも効率的だと考えている友人もいる。

だが私は、愛してもいない男の子どもを産むなど、到底考えられることではなかった。その子が、もしも父親にそっくりだったら、私は子どもさえ愛せなくなるに違いない。それどころか、産んだことを悔やみ、子どもを憎み、疎《うと》んじて、その子の人生を台無しにする可能性だってあると思った。そんなことを思いながら、子どもなど産めるはずがない。

――わずかな可能性でもあるんなら、俺は待とうと思ってた。だけど、君はいつまでたったって、とうとう俺の方なんか、見もしなかった。

別れる間際《まぎわ》、疲れ果てた表情の夫は、うつろな目をして、そう呟《つぶや》いた。私は心の底から、可哀想《かわいそう》なことをしたと思った。申し訳なかった。この人を愛せれば良かったのにと、やるせない涙を流した。

――結局、君は、誰を見てたんだ。俺といながら、誰を探してたんだよ。

そして、絶望的なひと言を聞かされた。その瞬間まで、私自身は忘れていた。十五の時の誓いなど、とっくに記憶の彼方《かなた》に押しやっていたのだ。だが、夫に、ぞっとするほど冷たい、恨めしげな目を向けられたときに、何もかもを思い出した。

私は、気づいた。

誓いはまだ守られていたのだと。

だから私は、夫だけでなく、それまでにつき合った他の誰に対しても、心を開くことが出来なかったのだ。愛し方が分からないまま、結果として、相手を傷つけて、今日まで来てしまった。いや、愛する以前に、どうしたら恋することが出来るのかさえ、もう分からなくなっていた。もはや、この心が揺れることはなく、孤独や絶望を感じることもない代わり、震えるようなときめきも、涙ぐみそうな愛《いと》おしさも、何一つとして感じることは出来なくなっていた。

あんな誓いを立てたから。

そうに違いない。

私は、たった十五で自分の内にあった恋する力を、すべて燃やし尽くしたのだ。神様は、私の願いの方はまるで聞き入れなかったくせに、誓いだけは守らせた。こんなことなら、最初から、神様なんかに祈ったりするんじゃなかった。私が馬鹿だったのだ。いつもは存在すら信じてもいない相手に。

「じゃあ、その後は、新しい出会いは？」

「――望んでも、出来ないように出来てるんです、きっと」

「そんな。あんまり淋しいじゃない」

「仕方がないのかも。こうなったらさっぱり諦めるしか」

「その若さで？」

「悪あがきするほどの歳《とし》でもないです。それに、これでも、ひと通りの経験はしたつもりですから」

第一、今は仕事も面白い。人間は、恋などしなくたって、いくらでも幸福に生きられる。もしも、どうしても淋しくなって、いざとなったら、遊ぶくらいは出来るとも思っている。もう子どもではないのだ。後腐れなく。割り切って。不倫でも。行きずりでも。さらりとこなす自信がある。

小さくため息をついて、グラスに残っていたビールを飲み干すと、私は席を立った。

離婚して、独りでこの町に越してきてから、生まれて初めて一人で通うことを覚えたバーだった。

# プ
# ー
# キ

## 2

昔、フランス人には肩こりがいなかったという話を聞いたことがある。ところがある時、外国から来た誰かが、一人のフランス人の肩に触れて、「こってますね」と言ったのだそうだ。それまで気づきもしなかった肩のこりを、そのフランス人は初めて知ることになった。以来、フランスには急速に肩こりの人が増えたという。

人生とは、そういうものだ。知らずに済めば、それで終わる。

では、知ってしまったら？

諦める。

さっさと。

諦めさえついてしまえば、貧しさも、わびしさも、孤独も、肩こりも、何もかも、意外に素直に受け入れて、あとは静かに過ごすことが出来る。期待などしなければ、落胆も絶望もないのだから。

「今夜は遅かったんですね。しばらく見かけなかったし」

カウンターにいるのが私だけになったところで、マスターはまた、いつもの小さな腰掛けを出してきた。

「ここのところ結構、忙しくて」

結婚していた頃には映画館からも足が遠のいていたが、最近は週に一、二本は映画を観《み》ている。疎遠《そえん》になりがちだった友人とのつきあいも復活した。二カ月前からは熱帯魚を飼い始めたし、もう少し暖かくなったら、ベランダでささやかながらハーブでも育てようかと思っている。前々から誘われていたゴルフの練習も始めたし、それに伴って、ペーパードライバーも返上しようかと考えているところだ。

そうでなくても仕事は忙しくなる一方なのだ。今度の異動で、私はこれまでよりほんの少しだけ、責任のあるポジションを与えられることになりそうだった。会社としても、私が仕事に本腰を入れ始めたことを、ようやく評価する気になったらしい。チーム編成も少し変わるという話だし、今は二人きりの部下も、少しは増えるだろう。

「部下がいるんだ。へえ、そんな風に見えないのに」

「やっぱり、貫禄《かんろく》がないからですかね。ずっとお茶汲《く》みとコピーばかりやってる感じに見えます？」

「まさか。そんな意味じゃあ、ないですよ。ただ、お若いから」

「ありがとう」

今にして思えば、結婚と同時に退職しなかったのは、実に賢明な選択だった。当初は「子どもが出来るまで」という約束で、夫も、周囲も納得させていたし、自分自身もそのつもりだった。それほど深く考えていたわけではなかったが、これも今にして思えば「そんな日は来ない」と、やはり、心のどこかで確信していたのだと思う。

とにかく、今の私は充実している。故郷の両親と、離れたところで暮らす兄弟のこと以外に、気にかけたり、思い悩む人のいない生活の穏やかさを、心の底から味わっている。

心は、空っぽだ。

がらん、としている。

けれど、不快ではなかった。淋しくもない。そんなことは、かつてないことだった。もしかすると空っぽなのは、昔から変わっていないのかも知れない。ただ、以前はそれが耐えられなかった。だから、その空虚な広がりを埋めるために、まるで呪文《じゅもん》のように繰り返し自分に言い聞かせていた言葉がある。何年も。

私にはつき合ってる人がいる。

私のことを思っている人がいる。

私には大切にしたい人がいる。

私のことを必要とする人がいる。

この二十年間、私はほとんど取り憑《つ》かれたように、同じ台詞を呟き続けてきた。

相手がその都度代わろうと。

私自身が、高校生から大学生になり、社会人になろうと。

そうすることで安心が得られた。自分も人並みだと思うことが出来た。そうして、いつか本当に、その相手を好きになれるのではないかと、密かに期待し続けていた。何とかして好きになりたい、苦しまないまま、ドラマのように楽しい恋愛をしたいと、本気で願っていた。必死だった。あのときはあの時で、やはり私は諦めようとしていたのかも知れない。これで、いいのだと。この相手で。この人生で。

「でも、ふつう女性は、相手に求められて、惚《ほ》れられてこそ幸せになるって、いうんじゃないのかな」

確かに、そういう人もいる。

父方の親戚《しんせき》にも、同じことを言う伯母がいた。アルバイト先の奥さんに言われたこともある。現に私の友人も、今の幸福は、それほど夢中で好きだというわけではない男と一緒になったからこそ手に入れたものだと言っていた。

――一緒になってやったと思うから、自由にしていられるのよ。下手に遠慮しないで。向こうだって、自分の方が熱心に口説いたって分かってるから、いざっていうときには、やっぱり下手に出るしね。これが、もしも好きで好きでたまらない人なんかと一緒になってごらんなさいよ。もう毎日緊張しっぱなしで、相手のご機嫌ばっかりうかがって、くたくたになっちゃうと思うわ。

結婚して以来、二の腕にもウエストにも、すっかり脂肪がついて、妊婦でもないのに妊婦に見えるくらいだと言いながら、彼女はいかにも嬉《うれ》しそうに肩を揺すって笑っていた。

そう。

だから、私だってやってみた。皆の言葉を信じて。あてにして。

「でも、駄目だった？」

「私の場合は、例の誓いのことを忘れてたのが、いけないんでしょうけれど」

誓いか、とマスターは口元を歪《ゆが》めて微《かす》かに笑った。

「こうなってくると、誓いっていうより、呪《のろ》いっていう感じに聞こえますけどね」

本当ねと、つい、笑ってしまった。

考えてみると、私はこの二十年間、いつでも何かしらの呪文を唱えながら生きてきたのかも知れない。

新婚の頃には、名字の変わった自分の名前もまた、毎日、呪文のように繰り返し呟いて過ごしていた。誰にいつ呼ばれても、すぐに反応できるように。妙に照れたりしないように。当時は、そんな言い訳を自分に用意していたはずだ。だがこれも、今なら分かる。ただ単に、ようやく安心出来る立場に立ったことを、熱心に自分に言い聞かせていただけのことだと。

まるでライセンスの取得だった。姓が変わり、左手の薬指に指輪を光らせている自分は、世間の誰の目から見ても、共に生きる相手を持つ、安定した立場の女になった。世間並み。人並み。そのことを、まず自分自身に言い聞かせなければ、いられなかったのだ。

「ねえ、世の中の夫婦で、本当に純粋に恋に落ちて、愛し合って、そうして結ばれてる人たちなんて、どれくらいいるのかしら。おまけに、その愛が、ずっと続いてる夫婦なんて。ねえ、離婚しない夫婦のうちの、何割くらい、いるものですか？」

「もう一杯いきます？　今日は、いい調子ですね」

「それより――バーボンにしようかな。ボトル、入れますから」

「ありがとうございます」

「本当、いるのかしら。十年も、二十年も、お互いの愛を信じ合ってる夫婦なんて」

ここまで帰ってくれば、もう我が家は目と鼻の先だ。たった1DKの愛《いと》しい我が家。熱帯魚だけがゆらゆらと待つ静かな部屋。私の泣き顔を知っている、唯一《ゆいいつ》の空間。ああ、早く帰ってのんびりしたい。そう思いながら、こうして寄り道をしている。

私も、こんな夜を過ごせるようになったのだと、しみじみ思う。一人でバーの扉を押して。気が向けば、他の誰にも話したことのないような話を、名前も知らないマスターに聞かせて。時には見知らぬ客とも、軽口くらいは叩《たた》いて。

「薄くしてくださいね」

「承知しました」

結婚していた頃には、考えられないことだった。いつでも寄り道したかったけれど、絶対にしなかった。早く帰りたくはなかったが、それでもいつも真《ま》っ直《す》ぐ、急いで帰った。買い物袋を提げて。何もかもが、今と逆。

私は誰も愛していない。

私には思い浮かべる人がいない。

私は誰も好きじゃない。

孤独は悪いものじゃない。こうして静かに年齢を重ねていくのも、それはそれで、いいものではないか。

そう。空っぽも、それなりに心地良い。

それにしても最近の私は少しばかり忙しすぎる。部下が増えることになるだろう。二人から何人に？　四人か、五人か。そう、そういえば、新しい上司も来ることになると聞いた。

「上司が？　そっちの方が影響は大きいんじゃないのかな」

その通り。

使えないヤツが来たのでは、たまらない。願わくは、あまり馬鹿でなく、神経質すぎず、だからといって無神経でもなく、偉ぶらず、人に責任を押しつけず、女なら派手すぎず、男なら薄汚くない、そんな人に来て欲しい。これは贅沢《ぜいたく》な望みだろうか。そんなに？

「点が辛そうだからなあ。上司から見たら、さぞ手強《てごわ》い部下だと思いますね」

マスターの言葉に、つい笑ってしまった。この私が？　まさか。でも、そんなことを言われるようになるなんて。

「いや、そう思いますよ。頼りにもなるけど、手強いって」

このマスターは、脱サラ組なのだそうだ。以前はそれなりに名の通った企業のエリートだった。何を思ったのか、それとも仕事で失敗でもしたのか、詳しい事情は知らないが、とにかく四十代の半ばで会社を辞めて、何年間かカクテルや料理の修業をした後、このバーを始めたらしいと、他の常連客から聞いたことがある。独身？　知らない。そこまでは聞かなかったし、知る必要もない。

ああ、どんな上司が来るのだろう。出来れば女性は避けて欲しい。

以前はそれほど気にしなかった。だが最近、ふと周囲を見回したときに、気がつくことがある。尊敬できる、または目標と出来る女性の先輩が、ほとんど見あたらない。反面教師ならば、ごまんといる。掃いて捨てるほど。だが、素敵だと思う人は皆無に近い。独身も、家庭持ちも。そんな中の一人に来られたのでは、やりにくくて仕方がない。

だが、そう遠くない将来、私自身もそう言われるようになってしまうのかも知れないのだ。そうと気づかないうちに、背中に冷ややかな視線を送られて、そして、陰で囁《ささや》かれることになるのだろうか。ああはなりたくないもんだわよね、と。昔はそうでもなかったはずなのに、とでも。年齢を重ねるということは、そんなに難しいことなのだろうか。

「さて、と。そろそろ、レジを締めさせてもらっても、いいですか」

「――時間の、問題なのかなあ」

「そう。もうこんな時間ですからね。帰り道は、大丈夫かな」

あら、本当に。大変、明日も仕事がある。私は、「ごめんなさいね」と、ゆっくり微笑《ほほえ》みながら財布を取り出す。頭が少し重たくなって、視界もふわりと揺らめいた。そのとき、バーボンなんて、べつに好きっていうわけじゃないんだ、と思った。それほど美味《おい》しいなんて、思ってない。と、いうよりも、味そのものが分からない。

何だか、私って、本当は好きじゃないことばかりやって生きてるみたいだ。いつだって、気持ちと逆のことをしているような気がする。ずっと。懲りもせず。

# 3

いつもの席に腰掛けるなり、思わず大きなため息が出た。首をそらし、顎《あご》を上に向けたまま、カウンターの上に放り出したバッグを、どかす気にさえならない。

「お疲れさんな顔ですね」

疲れた。本当に。

と、いうよりも、うんざりだ。

身体《からだ》が疲れているわけではない。ほとほと、嫌になっていた。

右を見ても、左を向いても。

毎日毎日、胃袋の中に不快な詰め物でもされているようだ。何なの、どういうことなの、どうしてなのと、解決の糸口さえ見つからない苛立《いらだ》ちが、来る日も来る日も、私の中でふつふつと発酵を続けている。

一体、誰のせいで、こんなことになったのか、今となってはそれを考える気力さえなくなりそうだった。

上を向いても、下を見ても。

馬鹿ばっかり。

自分勝手で。

無責任で。

使えない。

何も考えてないじゃないの。

どうして私が、こんな目に遭わなければならないのだ。こんな、理不尽な。

ほんの少しだけポジションが高くなることを密かに喜んでいた頃が、今となっては恨めしい。こんなことなら、平社員に毛の生えた程度で結構だった。誰からも大して期待されない代わりに、妙な責任を押しつけられることも、変な人間関係に巻き込まれることもなかった方が、ずっと快適だった。

新しい上司は、私より七歳年上。女性。だが、精神年齢はずっと下だ。幼稚で、すぐに自分の感情をむき出しにする。何かにつけて「どうすんのよ、もう」などといった口調で、険しい顔をこちらに向け、責任を人に押しつけようとする。どうしてあれで課長になれたのか、まるで分からない。

部下の方も、問題だらけだ。増えたは良いが、ろくでもない。一人は留学経験もあり、修士まで取っているというものの、学生時代が長かったせいか、三十過ぎになってもまだ頼りなくて、どこか浮世離れしている。もう一人は「異常性恋愛体質」を自認している。さらに、新婚呆《ぼ》けが一人。少しでも手が空くと、愛妻と携帯メールを交わしている有様だ。

——言っちゃ悪いけど、端《はた》から見てても、動物園みたいな感じだよね。じゃなかったら、中学校のお教室みたい。

今日などはついに、隣の課にいる同期の仲間から、そこまで言われてしまった。言われても仕方がないと、私も思った。私語が多い。うるさい。緊張感がない。そこに上司まで加わっている、というよりも、もっとも先頭に立って騒いでいるのが彼女なのだから、どうしようもないのだ。

こんな調子が、いつまで続くんだか。

以前からの部下だって可哀想とばかり言っていられない。無論、時には私に救いを求めるような視線を投げて寄越し、密かにため息などついていることもあるのだが、大抵の場合は、すっかり雰囲気に呑《の》まれてしまって、今や完璧《かんぺき》に、新しいメンバーのペースに巻き込まれつつあるのが現実だからだ。

だが、それを責めることは、私には出来なかった。何しろ私自身が、すっかり調子を崩している。話し声一つにしても、周り中が大声だと思うから、ついつい、こちらまで甲高くなっている。このまま何年かしたら、きっと喉にポリープが出来るに違いない。

「新しいボトルを？　ありがとうございます。でも、今回はまたずい分と、早かったんじゃないかな」

早くもなる。ここへ来る回数も、一杯のグラスに注ぐ量も、共に増えている。ことに鼻につくのが、自称「異常性恋愛体質」の女だ。彼女は私と一歳しか違わない。バツイチも同じ。しかも、子どもがいるという。それなのに、あの必要以上に発散するエネルギーの源が、私にはもう分からない。どうして視界に入る男のすべてを、恋愛の対象として考えられるのだろうか。年上も年下も、既婚も未婚も関係ない。仕事中もプライベートもお構いなし。どんな場合でも、余計なひと言を付け加えなければ、どうしても気が済まないらしい。

——そのネクタイ、似合ってますね。

——あら、意外に細い指。

——ほうら、顎の下に剃《そ》り残し、見っけ。

そこに、鼻にかかった笑い声が続く。嬌声《きょうせい》といって良いと思う。

ああ。もう！

思い出しただけで苛々してくる。なぜいつも、会話の端々に「きゃあ」とか「へえっ」などという感嘆詞を差し挟むのか。相手が男と見ると、どんな相手でも必ず褒めずにいられないのか。どうして、会話の途中で相手の身体のどこかに触るのだろう。第一——。

第一、なぜ、一度の失敗で懲りていないのだろうか。

「また何か、面白くないことでも、あったんだ」

「——分かります？」

「もちろん。ため息ばっかり繰り返して、そんなにつまらなそうな顔してたら」

「——分からなくて」

「何が？」

彼女は異動になってきて間もない頃、一度、恋人と別れたはずだった。そう言って、目を泣き腫《は》らして出社してきたことがあった。職場にそういう顔で現れて、臆面《おくめん》もなく「ふられちゃって」と話すだけでも相当に驚きだったが、それから一カ月も経《た》たない間に、もう現在の恋人の話をするようになった。さも嬉しそうに。幸福そうに。

まるで分からなかった。

どうしてああもすぐに新しい恋を見つけられるのだろうか。どうして、あんなにも正直に、マニキュアから口紅の色、髪型まで変えることが出来るのだろう。いい歳をして。そのくせ、一方では来る日も来る日も、まるで興味もない無関係な男に対してまで「素敵」「可愛《かわい》い」などと繰り返して——なぜ、あんなに幸せそうにしていられるのだろう。

ここに、呪われた女がいるというのに。

誓いの言葉に縛られて、あとは諦めて生きていくことだけを自分に言い聞かせている私がいるというのに。

分かっている。

本当は、気づいている。

私は、羨《うらや》ましいのだ。

羨ましくて、たまらない。

四十をいくつか過ぎても、自分の感情をコントロールすることさえ出来ずに、時として、まるで女子大生のような膨れっ面《つら》になる上司が。いざとなったら、「だって、うちのパパは」などと言いながら、泣いて帰ることの出来る家庭のあることを強烈にアピールする、あの女が。

一方、子どもまで抱えていながら、次から次へと恋をして、その都度、本気になって、泣いたり笑ったりしている部下が。「いい男を見ると、その日一日がバラ色なんですよね」などと、目をパチパチさせながら笑っている、あっちの女が。

それに比べて。

私に、何がある？

相変わらずの空っぽのまま。

もちろん、不幸だなんて思っているわけではない。けれど――こんな空疎な生活が、これから死ぬまで続くのかと思うと、ため息のひとつもつきたくなる。人生が、やたら長く感じられてならない。

「ごちそうさま――今日は、帰ります」

「こんなときは、寝るに限りますよ」

ここのマスターは客を引き留めない。商売って、そういうものなのだろうか。引き留めてでも、もっと話したいと思うときや、一人くらい残っていて欲しいときはないのだろうか。それとも、引き留めないのは、私だから、だろうか。

夜道を歩きながら、もう辺りから夏の虫が鳴き始めているのに気がついた。

今度の週末は、思い切り泣ける映画を何本か借りてきて、朝から晩まで観ようと思った。泣いて、泣いて、心を潤《うるお》さなければ、どんどん乾いて、いつかひび割れてしまいそうだった。

にぎやかに騒いでいたテーブル席の一団が帰っていくと、空調の風の流れが変わったように感じられた。

4

「忘年会には、まだ早いのにな」

洗い終えたグラスを一つ一つ、クロスで丁寧に拭《ふ》きながら、マスターが困惑気味の笑顔になる。これまでにも、何度か見たことのある表情だった。

「何、してる人たちかな」

「どうだろう。公務員か、学校の先生か」

「ああ、そんな感じ」

繁華街にあるわけでもなく、静かな雰囲気を大切にしたいらしいこの店にとって、今のような、宴会からの流れか何かと見える団体客は、売り上げ的にはありがたくても、決して歓迎すべき相手というわけでもないらしかった。

「しっかし、よくもあんな大声で、人の悪口、言ってるよな」

「言ってましたか」

「もう、さんざん。マスター、聞いてなかった？」

「厨房《ちゅうぼう》にいたときかな」

「違うよ、ずっと。最初から最後まで、その話題で盛り上がってたんだから」

「そうですか」

「分かった。マスターの耳は、そういう醜い話は聞かないように、出来てるんだな」

「いいですねえ、そういう耳」

少し離れた席にいる客とマスターのやりとりを聞くでもなく耳に入れながら、私はぼんやりと宙を見つめていた。

——僕のどこが、そんなに気に入らないんですか。

ひどく硬い表情のまま、真っ直ぐにこちらを見つめていた。その瞳《ひとみ》が、今も目に焼きついている。重く、ゆっくりと開かれた唇も。その唇の間から、低く、しっかりと響いて聞こえた声も。

どうしてだろう。

何度でも、深呼吸したくなる。

どれほど気分を変えようとしても、ことにあの瞳が思い出されてならない。ほんの一瞬のことだったのに。

動揺した。

柄にもなく。

いや、動揺したのは、あの瞳に、というわけではないかも知れない。それよりも、視線が合った瞬間に、ついうっかり、何を考えるよりも先に、手を伸ばしたくなった。そんな自分自身に動揺していた。

なぜ？

なぜ急に、そんな衝動に駆られてしまったのだろう。あの瞳に、どんな力が宿っていたというのだろうか。

——言ってください。直すべきところは、直します。

向こうが言葉を続けなければ、本当に、彼の肩でも腕でも、いや、頬か髪にでも、触れてしまっていたと思う。それほどの衝動だった。

彼は、あんな瞳の持ち主だっただろうか。まるで、私自身の中に、冷たい水が流れ込んでくるような瞳だった。たった一瞬の間に、私の全身は、冷たい水に洗われて、何もかもが生まれ変わったような感じだった。

何を馬鹿な。

馬鹿げている。そんなこと。

頭では、そう思う。

第一、相手を誰だと思っているのだ。他のチームにまで評判が伝わるほど、あんなにも仕事の出来ない、しかも部下ではないか。

高学歴と強力な後ろ盾とやらを背負い、鳴り物入りで入社してきた彼が、当初は営業に配属されたものの、実際の業務となると大した能力を発揮することもなく、周囲を大いに落胆させた挙げ句に、私たちの部署に回されてきたらしいという話を聞いたのは、夏が過ぎた頃だったと思う。

「しかし、すごい言われようだったな。どんなヤツだか知らないけど、さすがに同情したよ、何となく」

「うるさかったでしょう。ご迷惑をおかけしました」

「マスターのせいじゃ、ないじゃない。こういう商売やってたんじゃあ、客は選べないんだから」

私自身、彼には幾度となく苛立たされてきた。何しろ、どんなことをするにも、皆とテンポが合わないのだ。別段、頭が悪いわけではない。平均的能力が低いわけでないことは確かだと思うのに、いつでも心ここにあらずといった感じで、何を考えているのかが、まるで分からないのだ。ピントがずれている。人の話を聞いているのか、いないのかも分からない。それくらいに反応が鈍い。そのくせ、よく分からないタイミングで急に熱弁を振るい始める。妙なことにムキになる。

要するに、よく分からない。ただ、とりあえずは使えない。それだけは確か。

そんなヤツなど、気に入らないに決まっている。

だが、それを態度に出しているつもりはなかった。本人にも、また他の誰にも、口に出して批判めいたことを言ったことはなかったし、極めて淡々と接してきたつもりだ。必要以上に期待さえしなければ、落胆することも、また苛立つこともないのだと、毎日のように自分に言い聞かせていた。

そう。とにかく私は、彼に何一つとして期待していなかった。こうなったからには、ただひたすら、余計な摩擦を起こしたくないという思いだけだった。それに、もしも厄介払いしたいと思うなら、それは課長の仕事だと思っていた。だから、知らん顔を決め込んでいた。それなのに今日、彼は言った。話があると、人を呼び出して。

——もう少し、ちゃんと僕の方を見てくれても、いいんじゃないですか。

用があるときでさえ、何か話しているときでさえ、私はきちんと自分を見ていないと、彼は言った。

だって。

内心たじろぎそうになりながら、あの時、私は頭では懸命に言い訳の言葉を探していた。本当なら、あなたに用なんて、言いつけたくないからよ。あなた、自分の無能さが分かってないの？　苛々させられたくないの。だからじゃないの。

だが、口にしそうになるその一方で、私は自分の心の声を聞いた。

恥ずかしいから。

まさか、そんな言葉が浮かんでくると思わなかった。私は余計に混乱し、動揺した。顔が熱くなるのを感じた。どうやって、その場を切り抜けようかと必死だった。

——直すべきところは直します。だけど、僕の話も聞いてくれませんか。

彼は、思い詰めた表情をしていた。

——確かに呑み込みの悪いところは、認めます。だけど、誤解されてる部分もあると思うんです。とにかく僕、係長には誤解されたくないんです。

私は、自分の動揺を気取られまいとするので必死だった。

私にはって？　さらりと聞いてしまえば良いことが、どうしても口に出来なかった。ここは、とにかく時間を稼ぐ必要があると思った。だから、彼が希望するなら、時間を作ろうと約束をした。改めて、ゆっくり話を聞きましょうと。そう、来週にでも。

そう提案するだけでも、何となく息苦しくて、動悸《どうき》がしていた。

すると、彼が笑った。いかにも安心したように。ものすごく大きなプレゼントでももらった子どものように。

——やった！　お願いします。必ず。

私は、もう泣き出しそうになっていた。何だか知らないが、恥ずかしくてならなかった。今、きっと、ひどくみっともない顔をしているだろうと思うと、その場から走って立ち去りたいくらいだった。

「ご迷惑、おかけしましたね。大丈夫？」

いつの間にか、マスターが私の前に立っていた。私は夢から覚めたような気分で、ゆっくり微笑みながら、空になりかけていた水割りのグラスを揺らした。

「今日は？」

「——え？」

「何か、いいことでもありましたか」

「何も。いつもと同じです」

「あれ、そうかな。じゃあ、熱でも？」

「熱？」

顔を上げると、マスターはいつもと同じように「お作りしましょう」と私の手からグラスを受け取る。

「そうじゃないなら、いいんです。ただ、何となく、いつもと違って見えるから」

私は何も答えなかった。今、何かしら話し始めてしまったら、すべてが壊れてしまいそうな気がした。

頭と心が、ばらばらの方向へ向かおうとしている。私の頭は、この心の波立ちを否定しようと必死だ。立場を考えろ。そんなはずがない。相手を誰だと思っている。一瞬の気の迷いに決まっている。よりによって、あんな男でなくても——次から次へと、何とかして私の気持ちを冷めさせようと、懸命に回転している。いじらしいくらいに。

それなのに、私の魂は、まるで長い眠りから覚めたように、この身体の中で弾んでいる。アルコールのためばかりでなく、血液の流れさえ速くなったような感じだった。視界に入る光の量が、わずかに増えたように思う。そして、何度でも繰り返し、あの瞳を思っている。

あんなにも真っ直ぐな、まるで子どものような瞳と、これまでに私は、向き合ったことがあっただろうか。あんなに無邪気な笑顔を向けられたことが、かつてあっただろうか。

「この冬は、何か予定はあるんですか」

新しい水割りを差し出しながら、マスターが言った。私は相変わらず曖昧《あいまい》な表情のまま、ゆっくり首を振った。

「いや、何かありそうだな」

「まさか。ないです、何も」

「そうかな？」

もう一度、マスターを見る。マスターは、いつもの表情のままで、ゆっくり煙草《たばこ》を吸っていた。

「こう見えてもね、意外に見抜くんですよ」

「――何を？」

「こういう商売をやってるとね、分かるようになってくる」

「ですから、何を？」

煙草の煙を吐き出して、カウンターの縁を拭く真似《まね》をしながら、マスターは「もしかすると」と呟いた。

「呪いが、とけたんじゃないかな、とか」

余計に、泣きたいような気分だった。

後悔していた。

十五の時に、あんな馬鹿な誓いを立てたことを。心の底から悔やんでいた。

それなのに今、私は早くも、新たな誓いを立てようとしていた。

神様。

あれから二十一年も、たっぷり辛抱して、さんざん遠回りしてきたんです。それはすべて、彼と出会うためだったのだと思わせてはくれませんか。視線一つで、そんなことを思う私は、馬鹿でしょうか。いったい、私の中で何が起こったっていうんでしょう。ただ単に、出来の悪い部下から相談を持ちかけられただけだというのに。

でも、神様。

もしも本当に、本当に、そう思わせてくれるなら、まだ、きちんと心を通わせ合ってもいない彼こそが、私が本当に出会うべき相手だったのだとしたら、本当に今度こそ、最後にしますから。

グラスの中で、溶け出す氷に少しずつ薄まっていく琥珀色《こはくいろ》の液体を眺めながら、私はまた、繰り返していた。お願い、神様、と。もしも今度こそ、願いを聞き入れてくれるのなら——。

好きでもないものを、好きなふりはしないと誓います。もう二度と、心と裏腹のことは、しないと。

と、なると、もしかすると、この店にボトルをキープするのも、この一本で終わりかも知れないと、ふと思った。

# 三年目

不公平だ。

妻は思う。仕事を終えて、一歩でも会社から出たら、スーパーの閉店時間を気にしながら駅に急ぎ、クリーニング屋に寄らなければと考え、宅配便が届けられることになっていることを思い出して、いつだって必死で吊革《つりかわ》にぶら下がって帰ってくる。

それなのに、何なの？

妻は、テーブルに向かって、一人で宙を睨《にら》んでいる。夫は、今日も飲んで帰ってくるのだ。だって、しょうがないんだよ、誘われちゃったんだから。飯？ なんだ唐揚げなの。いいや。

いいや、ですって。必死で帰ってきて、何とか用意したのに。

確かに、子どもは当分作らずに、仕事を続けたいと主張したのは妻だった。仕事が面白かったせいもある。ここでブランクを作りたくないという意地もあった。だが、とにかくマンションの頭金を貯《た》めたいというのが、一番の目的だった。将来のことを考えたら、今のうちにせっせと働いて、少しでも蓄えを作ることこそが、夫婦の将来を左右し、夫の負担も軽くすると、そう考えたからだ。

不公平だ。

妻は会社と家との往復の日々。たまに誘われたって、滅多なことでは遅くならないように気をつけている。週末ともなれば、疲れた身体を休めて、あとは掃除と洗濯に追われるだけ。

夫は？ 真《ま》っ直《す》ぐ帰ることなどほとんどなくて、週末だって年がら年中ゴルフ、ゴルフ。たまに家にいるときには、一緒に買い物に行くのすら面倒くさがって。

結婚して得をしたのは誰？ 損をしたのは？ 妻は思う。私、何だか損をした気がする。こんな毎日じゃあ、恋愛中の方がずっと幸せだった気がする。離れているときだって、もっとお互いのことを思って、労《いたわ》り合えた。

妻は、テレビを相手に夕食をぽそぽそと食べる。一人分の食器をさっさと洗い、風呂《ふろ》に入る。洗濯物を畳み、アイロンをかける。ふと壁の時計を見上げて、夫の携帯電話を鳴らしてみようかと思う。

ああ、俺。え？　大丈夫、大丈夫。もう帰るところだから。

何が大丈夫なんだか。テレビでは、小さな顔の女優が恋に悩み、風に吹かれて立っている。長いまつげを伏せ、唇を震わせて、彼女は何かの決断を迫られている。

もうすぐドラマが終わる頃、夫は上機嫌で帰ってくる。そして、決まって腹が減ったと言う。お茶漬けでも何でもいいや。軽く、ささっと、食べたいんだけど。ドラマはちょうど面白い場面で見られなくなる。

湯を沸かしながら、妻はひそかにため息をつく。喧嘩《けんか》する材料なら、いくらでもある。私、テレビを見てたんだけど。いいところだったのに。第一、ご飯はいらないって言ったじゃない。だって、ラーメン食ってきたら、また不経済だって怒るじゃないか。ラーメン一杯で、そんなこと言わないわ、毎晩飲む方が、ずっと不経済。俺にだって息抜きは必要なんだよ。じゃあ、私はどうなの、息抜きなんか、何もしてない。それは君の勝手だろう。俺は、いつやめたっていいって言ってるじゃないか。よく言うわ、私が働いてるから、あなただってそんなに飲んでいられるんじゃないの。分かったよ。俺よりテレビが大事なんだな。くだらないドラマなんかが。だって、それはあなたが帰ってこないから——。

湯が沸いたところで、シミュレーションはストップする。不毛な会話。

「鮭《しゃけ》と梅と、どっち？」

「たらこ、ない？」

「ない」

「じゃあ、鮭」

フリーズドライのお茶漬けの素《もと》で、夫はうまそうに箸《はし》を動かす。今夜の会話は、それでおしまい。

馬鹿《ばか》みたい。

眠りにつく前、妻は思う。こういう毎日の積み重ねが、夫婦の歴史を築いていくのか。もう、華やぐことも出来ないのだろうか。

隣から夫のいびきが聞こえてくる。酔っているか寝ているか。出勤前で慌《あわ》てているか、休日にだらけきっているか。最近、そんな夫しか見たことがないことに気づく。たとえ一緒に出かける時だって、手ひとつつなぐわけでもなく、恋人同士の頃のように、やっと会えた嬉《うれ》しさに輝いてなどいるはずもない。

じゃあ、私は——私は？

翌日、仕事中の夫に来客がある。会社のロビーまで行ってみると、どこかで見た覚えのあるスーツ姿の女性が立っている。心の中がわずかにざわめく。毎朝、額のカーラーを外すのを忘れそうになることなどおくびにも出さず、きれいに化粧をしている妻が笑顔で振り返る。夫は戸惑う。

「あなたの上司にお目にかかりたいの」

妻の胸元には、夫が恋人時代に贈ったダイヤのネックレスが小さく輝いている。

「公平に見て、私がどう見えるか判断して頂きたいの。そんなに、夫にないがしろにされても仕方のない妻に見えるかどうか」

妻は、真っ直ぐ、試すように夫を見つめる。

「私、もう一度恋愛したいと思って。出来れば片想《かたおも》いじゃなくね」

夫は、素早く周囲を見回してから、改めて妻を見る。

「これから会議なんだ。終わったら電話する。晩飯、食おう」

会議の途中、夫は、久しぶりに妻の顔をまともに見たと思う。ちょっと自慢したい気もする。別に、片想いなんかさせてないよな。そうだ、後々のこともあるし、今夜はひとつ、上司には勘弁してもらって、飲み仲間に紹介しておこうかと考える。

それは秘密の

## 1

トンネルを出た途端、激しい横風にハンドルを取られそうになった。バケツでぶちまけたような雨がフロントグラスを激しく叩《たた》く。

〈……引き続き大雨洪水、暴風、高潮の各警報が四国全県に出されています。今後も台風情報にご注意ください。

繰り返しお伝えします。台風六号は強い勢力を保ちながら午後五時現在、九州の南南東およそ二百キロの海上にあって、進路を次第に東寄りに変えながら一時間におよそ二十五キロの速度で北上しています。中心付近の気圧はおよそ九百六十ヘクトパスカル、中心から半径三百キロメートルに風速二十五メートル以上の暴風域を伴っており、台風の進路にあたる高知県、愛媛県の一部は既に強風域内に入っています……〉

トンネルに入る度に、ラジオの音が途切れる。点《つ》けっぱなしにしているヘッドライトの照らす先には、短いトンネルの出口が見えていた。振り飛ばす雨水がなくなって、フロントグラスの上を滑稽《こっけい》なほど気忙《きぜわ》しく動くワイパーを止めようかどうしようかと思う間もなくトンネルは終わり、またもや激しい雨と横風が車体を押してくる。間違いなく台風が近づいている。それが肌で感じられた。反射的にアクセルペダルから足を離してスピードを落とし、安岡琢己《たくみ》は注意深くハンドルを握り続け、今度は少し長いトンネルに差しかかったところで、つい大きく息を吐き出した。

——いい夢を、見させてもろうたよ。

さっき聞かされた言葉が、耳の底にこびりついている。あのとき、どうして間髪を容《い》れず「そんなこと言わないでくれよ」と言ってやれなかったものかと、今ごろになって後悔とも苛立《いらだ》ちともつかない思いが膨らんできていた。そうだ、「まだまだ夢の続きがあるじゃないか」とでも言ってやればよかった。当意即妙に答えてみせるのは得意なはずなのに。今日に限って、どうしてろくな言葉も出なかったのか。今度会ったときには、気の利《き》いたことの一つや二つ、または笑わせるようなことでも言って、何としてでも元気づけてやらなければならない。

いや。

本当は分かっていた。そんな機会は、おそらく二度と訪れることはない。今日が、あの男に会う最後の機会だったのだ。そう感じていたからこそ、台風の接近を知っていながら、秘書も連れずに出かけることを思いついたのだし、彼もまた、これまでのように「わざわざ来るような暇があるがか」などと憎まれ口を叩くこともなかった。互いに口に出して言うことこそなかったが、共にその眼差《まなざ》しで「じゃあな」と伝えあっていた。

じゃあな。

かれこれ二十年近いつきあいになる。こちらがまだ三十になるかならないかで、ようやく県政に名乗りを上げようとしていた頃から、彼は選挙公約の作成に共に知恵を絞り、人をまとめ、資金繰りに奔走して、それ以降、陰になり日向《ひなた》になって、今日まで琢己を支えてきてくれた。まさか、こんなにも早く、別れを告げなければならなくなるとは思ってもみなかった。琢己とは一回りも違わない、まだやっと還暦を過ぎたばかりだというのに。

トンネルの出口が近づいている。風が渦を巻き始め、早くも雨か波かの飛沫《しぶき》が吹き込んできた。思わずネクタイを緩めて、琢己はハンドルを握り直した。今は運転に集中しなければと自分に言い聞かせる。ことに、こんな天候の中を走っているときは。第一、彼はまだ生きている。今から嘆き悲しんでどうするのだ。

市内に戻っての政策報告会は七時からの予定だ。時間的には十分に余裕をもって帰り着ける計算だが、何しろこの天気だ。果たして人など集まるものだろうか。むしろ、何もこんな日に支持者を集めることもないのではないかという気がする。

こういうとき、彼がいてくれればと思う。あの男なら、琢己が何を言うよりも早く中止にすべきか否《いな》かを判断し、瞬《また》く間に連絡を行き渡らせるだろう。常に一歩か二歩、先を見る男だ。彼の判断はいつも的確で、まず間違ったことはなかった。

トンネルから出ても、辺りはまるで日没後のように暗くなり始めていた。フロントグラスを激しく叩く雨粒の向こうに、低く重なり合いながら猛烈な勢いで流れる雨雲の濃淡と、左手には激しい波飛沫を上げて荒れ狂う海が見えるばかりだ。この地域は台風の通り道になることが多い。沖縄や九州を通過した時点で衰えている場合もあるが、それでも一旦《いったん》太平洋に出てしまえば再び勢いを盛り返し、その上でやってくる台風は、たとえば関東などに住んでいる人からは想像もつかないくらいに激しいものだ。その猛烈なことには子どもの頃から慣れっこのつもりだが、とはいえ、こういう状況でハンドルを握るというのは、さすがに初めてに近い。いや、自分でこうしてハンドルを握ること自体、実に久しぶりのことだ。

〈……午後五時三十分を回りました。引き続きこの時間は台風六号の情報をお届けしております。強い勢力を持つ台風六号は、午後五時二十分現在……〉

どこか適当な場所で車を停めて、秘書に連絡を入れておくべきか、または少しでも時間を節約するために、とりあえず走り続けた方がいいだろうかと考えながらさらにハンドルを操るうち、前方に激しい水煙を上げて走るバスの後ろ姿が見えてきた。こちらも四十キロ程度まで速度を落としているのに、見る間に滲《にじ》んだテールランプが近づいてくる。

くろしお鉄道は、もうとっくに止まっているんだろうに。

バスというものは滅多なことでは運休しないものらしい。だが車体が大きいだけに、余計にこの風の影響を受けて、慎重に運転しているのだろう。琢己はしばらくの間、バスとの車間距離を保ちながら走ることにした。カーブが連続している道では、容易に追い抜きをかけられない。海岸線に沿って走る国道は、好天に恵まれてさえいれば、雄大な太平洋を横目に、その多様な景色を楽しみながらハンドルを操れるのだが、ひと度こんな天候になってしまうと、遮るものが何もないだけに、外海からまともに風雨を受けて、危険を伴うことも珍しくない。

ようやく少しばかり直進の続く見通しのいい箇所に差しかかった。その先には、またトンネルが口を開けているはずだ。対向車線からも車が来る様子はない。琢己はウインカーを点滅させ、ハンドルを軽く右に小さく切って、一気にアクセルを踏み込んだ。バスの飛ばす水煙が、琢己の車に、もろにかかってくる。その路線バスを左手に眺めながら、さらに車を加速させ、ルームミラーにバス全体が映ったところで、もとの車線に戻る。ルームミラーに映るバスは見る間に小さくなって、やがてカーブの向こうに消えた。対向車も来なければ、前方にもまったく車はいない。琢己はスピードを落としながらトンネルに差しかかった。今度のトンネルは少し長いらしい。途中でカーブしているせいもあって、出口は見えていない。

やはり秘書に電話を入れておこうかと片手で携帯電話に手を伸ばしてみたところ、「圏外」の表示になっていた。トンネル内までは電波が届かないのかも知れない。やはり、暴風雨の中でわざわざ車を停めて電話などしているよりは、このまま走り続けてしまった方が手っ取り早いのではないか——あれこれ考えているうちに、トンネルの出口が見えてきた。外はさらに暗くなってきているようだ。まだ六時前なのだから、日も暮れていないはずなのに。やれやれ、いよいよ神経を使うなと、改めて気を引き締めようとした時だった。下からどんと突き上げたか、または背後から見えない力に突き飛ばされたかのような衝撃が、思わずブレーキを踏ませた。

——地震か？

咄嗟《とっさ》にハザードランプを点滅させて、車を路肩に寄せる。そのままハンドルにしがみついたままの格好で、しばらくの間、息をひそめていた。だが、同じような衝撃は二度と感じない。

気のせいだったのだろうか。または台風による強風が、衝撃波のように感じられたのだろうか。少しの間そのままじっとしていたが、何も変化はない。琢己は辺りの様子を窺《うかが》いながら、再び車を走らせることにした。取りあえずは徐行並みのスピードを保ったままトンネルから出て、ばらばらと叩きつけてくる雨音に包まれた途端だった。またもや思い切りブレーキを踏まなければならなかった。

「――何だ？」

まだ本物の夜が来たわけではない。いくら暗くなっているとはいっても、まったく視界が利かないというわけではなかった。それなのに、道が見えない。車のライトが照らすのは、雨粒の他は、ほとんど漆黒の闇《やみ》のようにしか見えなかった。

何が何だか分からないまま、とにかくサイドブレーキを引き、再びハザードランプを点滅させる。こんな日に、こんなところで追突事故でも起こしたのでは目も当てられない。助手席の足下に転がしておいた傘を手に、意を決してドアを開けると、まだ開きかけてもいない傘が、もう強風に持っていかれそうになった。雨粒が、ばちばちと身体《からだ》に当たってくる。傘など何の役にも立たない状況だ。

「ひでえな、こりゃあ——トランクに雨合羽《あまがっぱ》か何か、あったっけ」

だが、この場所でトランクの中などを覗《のぞ》き込んでいたら、その間にずぶ濡《ぬ》れになるに決まっていた。サイドブレーキを戻し、ギアをバックに入れて、そろそろとバックでトンネルの中まで引き返す。雨が吹き込んでこない程度のところまで戻ったところで車を停め、ドアを開けた途端、今度は湿った土の匂《にお》いが、ぷん、と鼻をついた。ごう、ごう、と風が鳴っている。

気がつくと、さっきまで灯《とも》っていたはずの、トンネル内の照明が消えていた。雨には濡れないが強風がすごい。その風に必死で逆らいながらトランクの中を探した結果、雨合羽は見つからなかったものの、懐中電灯を発見した。こうなったら仕方がない。懐中電灯を持って、傘はささずに激しい雨が叩きつけるトンネルの外へ出ることにする。あっと思う間もなく全身が濡れ鼠《ねずみ》になり、顔といい、腕といい、大きな雨粒に叩かれて痺《しび》れたようになった。身体を前のめりに倒し、足を踏ん張るようにして強風に耐えながら歩いていくと、やがて、やはり目の前に闇のようなものが立ちはだかっている場所へ来た。大した役にも立たないと分かっていながら、自分の腕で顔に当たる雨粒だけでも避けながら、琢己は目の前に広がっている状況を見極めようとした。そして、我が目を疑った。

道が、切れていた。トンネルからわずか十メートルほど出たところで、突然、ぷつりと切れているのだ。そこに狂ったような激しい波が打ち寄せている。道路の右手に迫っていた山は大きくえぐられて、土がむき出しになっている。土砂崩れだ。気づかずに走っていたら、そのまま海に落ちて今ごろは死んでいた。改めて、全身を恐怖が駆け抜けた。

だが、その場で呆然《ぼうぜん》と立ち尽くすには、雨も風も激しすぎた。逃げるようにしてトンネルの中まで戻り、琢己は、今度はダッシュボードの上に置いてあった携帯電話に手を伸ばした。だが、画面には相変わらず「圏外」の表示が出たままだ。試しに秘書の番号を呼び出してコールボタンを押してみたが、うんでもなければすんでもない。雨が当たる寸前のところまでトンネル出口に近づいてみても、状況は変わらなかった。

舌打ちについで、大きなため息が出た。

まいったな。

これほどまでの勢いだとかえって気持ちがいいくらいの雨音が、ざあ、ざあ、と波のように聞こえ、それに合わせて山鳴りのように、ごう、ごうという音も聞こえる。土砂の間からしみ出ているのか、足下には泥水が川のようになり、トンネルの奥に向かって流れ込んでいた。こうなったら仕方がない。先に進めないと分かっていて、ここに留まっている理由はなかった。携帯電話のかけられる場所まで引き返すか、または近くの集落にでも行って、電話を借りることにしようと決め、再び車に乗り込んでハンドルに手をかけたとき、ふと思い出した。

そういえば。

さっき、琢己が追い越してきたバスは、どうしたのだろう。確か、高知行きの路線バスではなかったかと思う。それが、なぜ来ないのだろうか。

急に胸さわぎがしてきた。大きくハンドルを切り、何度か切り返した上で車の向きを変えると、琢己はトンネルを引き返し始めた。緩やかにカーブする、その先を見つめる。泥水に汚されながらも、白いセンターラインが浮かび上がって伸びている。そろそろトンネルの出口が見えてきていいはずだ。

ハイビームにしたヘッドライトが照らす先を、琢己は凝視していた。走るにつれ、胸さわぎは本物の動悸《どうき》へと変わって、喉《のど》の奥が貼《は》りついたように感じられた。いつまでたっても現れない出口の代わりに、やがて見えてきたのは大量の土砂と、そして、その土砂に半ば呑《の》み込まれた格好で横転しているバスだった。

風のうなりが、地底から響く亡者《もうじゃ》たちの声のようだ。その不気味なうなりを聞きながら、もうどれくらいの時間を過ごしているだろうか。琢己は運転席のシートを倒し気味にしたまま、ぼんやりとライトが照らす光景を眺めていた。

## 2

ヘッドライトが浮かび上がらせている世界は、どこか作り物めいて、現実という感じがしない。埋もれたバスを見つけた直後、琢己は土砂の山をよじ登って横転したバスまで近づき、懐中電灯の柄の部分で窓ガラスを叩き割って、中に声をかけてみた。少なくとも運転士がいることは間違いないはずだと思ってのことだが、いくら声をかけても中から返事はなく、外から照らしてみたところ、車両の中にまで大量の土砂が流れ込んでいる様子で、誰の姿も見ることは出来なかった。

もしかすると、運転士は気を失っているだけかも知れない。だが、もっと深刻な状態になってしまっていることも十分に考えられた。雨に濡れた上に、土砂で汚れた身体をぞくぞくとする感覚が駆け抜けた。それから何度、トンネルの端から端までを往復したことだろう。改めてもう片方の出口近くまでいっては前方の道路が陥没している様子を眺め、さらに相変わらず携帯の電波が入らないことに苛立ち、途切れ途切れにしか聞こえないラジオに耳を傾けては、誰かいてくれないか、運転士が意識を取り戻すのではないかと、バスの近くまで戻る。それを繰り返す間にも、土砂混じりの水はトンネル内に流れ続けて、トンネルの途中で多少勾配《こうばい》のついている部分に水たまりを作っていた。そこを何度も往復していたわけだが、ついにさっき、次第に深くなってきた水たまりを通り抜けて、バスから二、三十メートルのところまで戻ってきた瞬間、突如としてエンジンが止まってしまった。

お手上げだった。

ここまで来たら、もはや慌《あわ》てても仕方がないと腹をくくることにした。台風は今夜中には通過するに決まっているし、夜が明ければ必ず救助がやってくる。つまり、今夜ひと晩耐え抜けばいいだけのことだ。唯一《ゆいいつ》、目の前に、もしかすると瀕死《ひんし》の重傷を負っている人間がいるかも知れないというのが、どうにも嫌な気分だった。出来ることなら琢己だって、運転士を助け出してやりたいのだ。だが、トランクにはスコップの一つも入っていなかった。いくら何でもこの手だけで闇雲に土砂を掘るのは無理だと思ったし、二次災害の恐れがないともいえない。だから結局、せめてこうして車のライトを当ててやることにした。気がついたときに闇に閉ざされているよりは、光があった方が励みになるだろうし、少しでも変化が見えたら、すぐに駆けつけてやることも出来る。

既に午後八時を回っていた。

後援会の人々は、予定通り集まっただろうか。それとも秘書が中止の判断を下したか。いずれにせよ、この時間まで琢己が姿を現さないことに、皆が慌て始めていることは間違いない。電波さえ届いていれば、琢己自身の携帯電話も、もう数え切れないくらいに鳴らされていることだろう。

長い夜になりそうだ。濡れた身体が冷えている。

そういえばトランクに毛布が入っていたことを思い出して、車から降りようとしたときだった。視界のどこかで何かが動いた気がした。琢己はライトが照らす数十メートル先を見つめた。

「……誰か」

空耳ではなかった。確かに女性の声がした。琢己は、埋まったバスが見えている土砂の麓《ふもと》まで駆け寄った。

「誰かいるのかっ。どこだ！」

「な——中です！　バスの中！　助けてください！」

やはり、乗客がいたのだ。琢己は懐中電灯を片手に、さっき窓ガラスを割った場所まで、這《は》うような格好で土砂の山をよじ登った。既に汚れきっている革靴は、底が滑って歩きにくいこと、この上もない。しかも、濡れているズボンが肌に貼りついて、窮屈で仕方がなかった。

ようやく窓に近づいたところに、女性ものの腕時計が落ちていた。さっき、視界の中で動いたものは、これだったのかも知れない。それを拾い上げて、ズボンのポケットにしまい込み、改めて懐中電灯でバスの中を照らしてみる。すると、横倒しになったバスの、シートとシートの間から、泥だらけの顔が、眩《まぶ》しそうに目を細めた。

「よかった――気がついたら、こんなことになってて。誰もいなかったらどうしようかと思いました」

「土砂崩れに巻き込まれたんですよ。そうか、気絶してたんだな――怪我《けが》は？　どこか、痛みますか」

「あちこち打ってはいるみたいですけど、一応、上半身は動きます」

「ここまで、来られそうですか」

「それが、さっきからやってみてるんですけど、妙な格好になってて――腿《もも》から下が、泥に埋まっちゃってるんです」

泥だらけの顔は、ほんの少し笑ったように見えた。琢己は「なるほど、そうか」と呟《つぶや》いた後、一旦、土砂の山を滑り降りた。車のトランクから工具と毛布を持ち出して、再び土砂の山を登る。

「ちょっと待っててください」

まずは窓枠に残っていたガラスの破片をすべて叩き落とした上で、身体に毛布を巻きつけ、バスの中に滑り込む。ほとんど横倒しに近い状態になっているバスの中は、シートが妙な角度で並んでいるために、意外なほど身の置き場がなく、平衡感覚が失われそうな、奇妙な気分に陥った。

「大丈夫ですか」

息が詰まるような空間を何とか進み、改めて女性の方を照らす。泥んこの顔がまた「すみません」と笑った。

「手を」

琢己が伸ばした手に向けて、女性の手が伸びてくる。その手首の部分を強く握りしめて思い切り引くと、彼女は自分でももがくようにしながら、どうにか泥の中から這い出してきた。その身体を抱き寄せるようにした瞬間、この場にはまるでそぐわない、花のような香りがふわりと香った。

「窓枠に、まだガラスの破片が残ってます。怪我するとまずいから、これにくるまって。外に出たら、また僕に毛布をください」

　毛布で彼女をくるんでやり、シートに足をかけさせて、まずは彼女をバスの外まで出させる。それから、琢己は改めてバスの中を懐中電灯で照らした。

「他に乗客がいたかどうか、覚えていますか」

　下から声をかけると、「いなかったと思います」という声が返ってくる。

「じゃあ、あとは運転士だけか」

「私も気がついた後で何回か呼びかけてみたんですけど、返事がありません。運転席の方に土砂が流れ込んでて」

　琢己に毛布を差し出す顔は、さっきよりさらに泥まみれになっていた。琢己は最後にもう一度、バスの中をよく照らした。なるほど、運転席付近が完全に泥に呑み込まれている。気の毒だがこれ以上、運転士を捜すのは難しいのかも知れなかった。

　ようやく舗装された地面の上まで戻ったところで、琢己は思わず腰を屈《かが》めて膝《ひざ》に手を置き、大きく息を吐いた。さすがに土砂の山を上り下りしたり、人命救助のようなことをすると年齢を感じる。既にすっかり濡れていた服が、今度は汗で濡れ、さらに泥まみれなのだから、見る影もなかった。

　これは明日以降、腰痛が出るかも知れないなと思いながらそろそろと姿勢を戻すと、助け出した女性の方も、自分の手足のあちこちを触って、異状がないか確かめている様子だった。

「大丈夫ですか」

ええ、と顔を上げた女性の口から「くっ」と空気の漏れるような音がした。この状況にショックを受けていないはずがない。だが、ここで泣き出されても、どうしてやることも出来ないと思いながら琢己が自分の中で言葉を探している間に、女性は身体を折り曲げてしまった。次の瞬間、くすくすと、堪《こら》えきれないような笑い声が聞こえてきた。

「――あの、本当に大丈夫ですか」

打ち所が悪かったのだろうか、またはショックが大きすぎたのだろうかと思っている琢己に、女性は「ごめんなさい」と軽く手を振り、それから「だって」と、なおも笑いながらこちらを指さす。

「その格好。いい男が、すっかり台無しになっちゃって」

あっははは、と笑う声がトンネルの中に響く。琢己は思わず自分の姿を眺め回し、「あなただって」と女性を見た。

「ひどいもんです。泥んこレスリングでもやってきたみたいだ」

「あら、本当。嫌あねえ、それなりにお洒落《しゃれ》して出かけたのに」

お互いを眺めながら、しばらく二人で笑った。それから、汚れていますからと遠慮する女性を、「何を今さら」と助手席に座らせて、ようやく少し落ち着いた。本当は、せめて顔の泥くらい洗い落とさせてやりたいと思ったのだが、残念ながらトランクの中をひっくり返しても、雑巾《ぞうきん》の一枚も出てこなかった。琢己自身のハンカチは、既に雨にも泥にも汚れきっている。

「バッグを取りに戻れば、中にタオルハンカチとか、ペットボトルのお水とか、あるんですけど。ああ、カメラもそのまんまだわ」

「今の状況じゃあ、無理だな。あの泥の中の、どこに埋まってるかなんか、分かりっこないです」

あ、そうだと、さっき拾った腕時計を取り出すと、それはやはり彼女の物だった。何とか自分の存在を外の誰かに知らせたくて、苦し紛れに投げたのだという。それから改めて、自分が見た限りの状況を話して聞かせてやる間、女性は静かな声で相づちを繰り返し、また、自分を助け出してくれたことに対する感謝の言葉を口にした。そうして最後に大きなため息をついた。

「信じられないなあ——まさか、私がこんな目に遭うなんて」

「だけど、考えようによっては絶妙のタイミングで九死に一生を得たわけだ。僕ら、強運ですよ。正直言って、あなたと運転士の距離は、ほんの数メートルだったはずでしょう」

「――そうですね。本当に――でも、怒られるだろうなあ」

「誰に？」

「こんな日に出かけるのは、やめておいたらどうだって、さんざん言われたんですよね。『君はこっちの台風のすごさを知らないんだから』って」

「ああ、ご主人に」

ちら、ちら、と隣を見る。汚れてはいるが、小さくて形のいい鼻をした横顔が見えた。声の感じからしても、まだずい分と若い感じだ。せいぜい三十代といったところだろうか。

「どこから来たんですか」

東京なんです、という声が聞こえたとき、ふいに車のライトが消えた。まるで、ロウソクの火が風に吹き消されたときのように、微《かす》かに瞬いたように思ったら、次の瞬間、辺りは闇に閉ざされていた。思わず「いかん」と呟いて、イグニッションキーに手を伸ばす。だが、何度回してみても、琢己の車は、死んだように一切の反応をやめてしまった。

「ひと晩くらいは保《も》つだろうと思ってたんだがな。日頃、そんなに乗ってないせいか、もうバッテリーが上がったのかも知れません」

風が鳴っている。明かりがあった分だけ、多少なりとも気持ちを落ち着けていられたのに、辺りが完璧《かんぺき》な闇になってしまうと、途端に心細さがこみ上げてきた。だが、ここで男の自分が「どうしよう」などと言うわけにはいかなかった。

「外はどんな様子なのかな。ちょっと、見てきましょうか」

「じゃあ、私も」

「ここで待ってたらどうです。ちょっとは時間がかかるかも知れませんが、様子を見たらちゃんと戻ってきますから」

「嫌です！　こんな真っ暗な中に一人でいるのなんて」

さっきは明るく笑った人だったが、その声からは必死な思いが感じられた。無理もない。こんな闇の中に取り残されたら、誰だって不安になるに決まっている。それなら二人揃《そろ》って車から降りて、懐中電灯の明かりを頼りに歩くことにした。

「これも、電池がどれくらい残ってるか分かりません。あんまり無駄遣いしないようにしないといかんだろうな」

ところが、言い終わってものの五分もしないうちに、懐中電灯の明かりはみるみる力を失って、またもやふっと消えてしまった。

「何だよ、まったく――これじゃあ、何の役にも立ちゃあ、しないじゃないか」

その辺に放り投げたい気分で、闇の中で呟くと、またもや隣からくすくすという笑い声が聞こえてきた。まるで自分の不甲斐《ふがい》なさを笑われたような気分になって、琢己は見えない相手を睨《にら》んだ。

「そんなに、おかしいかな」

「いえ、ごめんなさい――だって、何だかコントみたいだと思って。次から次へと消えてっちゃうなんて。昔のコントみたい」

そう言って、彼女はまだ笑っている。何だよ、こっちはそれなりに必死なのに、つまりドリフかと、琢己はつい自分も苦笑した。そういえば子どもの頃に見ていたドリフターズの番組では、よく真っ暗闇の中を手探りで歩き回るようなコントがあった。なるほど。第三者がこの状況を眺めたら、あんな滑稽な面白味があるのだろうか。

まあ、仕方がない。琢己はポケットの携帯電話を取り出した。青白い光がぽうっと放たれて、隣にいる彼女の顔が、びっくりしたように闇に浮かび上がった。

「すごい。携帯電話の光って、明るいんですね」

「これが最後の光です。今度こそ、節約しながら使わないとね」

言いながら、ふと見ると、彼女は手に傘を持っている。外に出るわけでもないのに、どうして、と言いかけて、その理由を悟った。彼女は護身用のつもりで、車に置いてあった傘を持ってきたのだ。琢己に襲いかかられたときのために。琢己は、そんな彼女に自分の手を差し出した。

「安全のためです。手をつないで歩きましょう」

青白い光の中で、彼女は少し考える様子になった後、小さく頷《うなず》いて琢己の手を握ってきた。自分たちが向かう方向を少しの間だけ照らし、携帯電話をしまう。車が死んでいなければ、いくらでも充電可能だからとたかをくっていたが、こういう事態に陥っては、慎重にならざるを得ない。

「途中の水たまり以外には、特に障害物はないはずなんです。僕は、何度も往復してるから」

不気味な風のうなりが響く中を、彼女の手を握りながら、ゆっくりと歩き始める。琢己自身、それほど手に力を入れてはいない。相手の女性も、ほんの僅かな力で琢己と手を触れさせているだけだった。それでも、温《ぬく》もりは伝わってきた。見事なまでの闇の中を行くのに、この温もりだけが頼りだという気持ちになった。

華奢《きゃしゃ》で小さな手だ。

無論、お互いに泥だらけで汚れているから、実際の肌そのものは分からない。だが、瑞々《みずみず》しく、しなやかな感じがする。

「不思議」

小さな呟きが聞こえた。

「何が」

琢己も短く応《こた》えた。

「何も見えない世界を、知らない方と手をつないで歩いてるなんて」

「そういえば、そうだ」

闇に向かって、つい小さく笑った。本当だ。こんな真っ暗闇の中を、自慢のスーツを上から下まで泥まみれにして、しかも彼女の言う通り、見知らぬ相手と手までつないで歩いているとは。政権与党の若手として売り出し中の、この安岡琢己が。

「でも、まあ、相手があなたでよかったです」

「どうしてですか」

「どうせ手をつながなきゃならないんなら、女性の方がいいですからね」

少しの間、沈黙が流れた。しまった。セクハラめいた発言に聞こえただろうか、またはさらに警戒心を煽《あお》ったかと、慌てて取り繕う言葉を考えていたら、「でも」と聞こえた。

「見えてないから、男性よりもマシだなんて思うのかも知れませんよ」

「どうして」

「泥んこで顔もまともに見えなかったし、それに、私たち、実は案外知り合いなのかも知れないじゃないですか」

「知り合い？」

琢己の方では、彼女を知らないと断言出来る。こう見えても記憶力はいい方だし、この声にも覚えはない。だが、向こうがこちらを知っている可能性は、そう低くはないかも知れなかった。まださほど目立つという存在ではないものの、もしかしたら新聞かテレビで琢己の顔を見たことがあるかも知れないし、または地元選挙区の有権者なら、ポスターくらいは見ているはずだ。支持者という場合だってあるだろう。逆に、他党の支持者ということも十分に考えられる。

「――あり得ない話じゃないな」

「でしょう？　本当は、日頃から顔を合わせてる、大っ嫌いな近所のおばさんかも知れませんよ」

確かに、と呟いて、また口元がほころんだ。あんな泥の中から助け出されて、まず笑い出すような女性だ。自分をおばさん呼ばわりするには、ずい分と若々しいというより、どこか幼ささえ感じる声だし、姿形は見えないものの、こうしていると何ともいえない潑剌《はつらつ》とした、また悪戯《いたずら》っぽい雰囲気が伝わってくる。

「じゃあ、こうしませんか。ここから外に出たら犬猿の仲に戻るとして、取りあえず今は休戦協定ということに」

隣から笑いを含んだ声が「賛成」と聞こえた。

3

携帯電話の光だけを頼りに、ゆっくりゆっくり歩いて、ようやく水たまりの出来ている場所まではたどり着いたものの、結局そこで琢己たちは、それ以上先に進むのを諦《あきら》めることにした。水たまりは道幅一杯に広がっている上に、泥水は濁っていてどのくらいの深さがあるのかも分からなかったし、着替えも何も持っていない状態で、これ以上身体を濡らすのは得策ではないだろうと判断したからだ。

「トンネルは、ここから先もまだ長いんですか」

「車ならあっという間の距離なんだけど、歩いたら、まだそれなりにあるのかな。二、三百メートルくらい」

隣から「そんなに」という呟きが聞こえた。こうして立っているだけで、うぉぉ、うぉぉ、というう鳴りが、奥にいたときよりも強く響いてくる。風雨と海鳴りとが重なり合って、まさしく地獄の底から響いてくるような音だ。濡れている服に、湿った生暖かい空気がまとわりついて、なおさら不快になる。

「こんな音がしてくるものなんだ――」

だが彼女の声は、まるで大切な秘密でも発見したかのように、いかにも楽しげな響きを持っていた。

「最後に聞いた天気予報で、もう強風域内に突入してるって言ってたんだ。今ごろは、もっと近づいてるだろうね」

「直撃するのかしら」

「この辺では、そんなに珍しいことでもないしね。どのみち、じきに行っちゃいますよ。さて、戻るとしましょう」

手をつないだまま、ゆっくり方向転換して、再び闇の中を引き返し始める。不気味な音が背後から迫ってきて、獣にでも襲われそうな気分だ。ああ、一人でなくて本当によかったと思った。ここまで落ち着いていられるのも、誰かと手をつないでいるからだ。

「ご家族の方は、心配してるでしょうね」

「誰――ああ、僕ですか。そうだな。申し訳ないことをしたな」

このところ、女房はこっちに戻ってきていない。結婚した当初から、互いの人生を尊重するという約束だったから仕方のないことだが、自らも企業家として忙しい日々を送る彼女は、自分のライフスタイルを崩すつもりは毛頭ないという女性だった。無論、琢己が公職についていることは、彼女自身のプライドにもつながり、また、仕事上有利に働いていることもあるのが現実だから、それなりに琢己の立場を尊重してくれてはいる。選挙でも近づけば、日程をやりくりして応援に入ってもくれるが、それ以外の時には、彼女の生活はほとんど自分の仕事と子どもたちのことが中心だった。だから琢己自身、仕事のことも含めて余計なことは話さないし、秘書をはじめとして周囲の人間にも、女房には必要最低限のことしか伝えないようにと言ってある。つまり女房は今ごろも、まさか琢己がこんな事態に陥っているなどとはつゆ知らず、いつも通り東京の自宅でのんびりと台風情報でも見ているか、または仕事関連の人たちと夕食でも楽しんでいるのかも知れなかった。

「優しい旦那《だんな》さまなんですね」

「——え」

「申し訳ないと思うなんて。あなたのせいでもないのに」

いやいや、申し訳ないと思うのは、支援者や秘書に対してだなどと、今ここで話すわけにもいかない。琢己はまた密《ひそ》かに笑った。暗闇も、いいものだ。こうして相手の言葉に即座に顔つきを変えるなんて、普段の生活では、まず考えられるものではない。ことに琢己の周辺に蠢《うごめ》いている人々は、腹芸《はらげい》のプロであると同時に、人の腹を読むプロでもある。そういう世界で生きていくには、ひたすらポーカーフェイスを決め込むのが一番だ。琢己自身、議員生活も三期目を迎えた今、どこにいてもさり気ない表情を崩さずにいることがすっかり板についている。

「そういえばさっき『怒られる』とか、言ってたよね。すると、ご主人は、怒りっぽい人なんですか」

「怒りっぽいっていうか——そうかしら。そうですね——でも、それっていうのも、実は私が、怒らせるようなこと、するからだな。おっちょこちょいだし、言うことなんか聞かないし、その挙げ句、失敗ばっかりしてるから」

微笑《ほほえ》ましい夫婦の姿が思い浮かんだ。年がら年中、何かしらの騒ぎが起きている、いかにも賑《にぎ》やかで明るい家庭なのだろう。彼女には、そういう家庭が似合う。

「今日も言われたんですよね。こっちは東京とちがって、五分に一本、電車が走ってるわけでもないし、その電車が止まったからって、じゃあすぐに別の方法で帰ろうとか、そんなことは出来ないんだからって」

「ご主人の言う通りだ」

「だけど、またとないチャンスだったんですもん」

「チャンス？」

「あのね」

うん、と返事をしかけて、妙な気分になった。まるで宇宙の果てにでも投げ出されたような感覚で闇の中を歩いているというのに、まったく見知らぬ女性が隣にいて、小さな温もりと共に「あのね」と呼びかけてくる。もうずっと昔から、こうして二人、手をつないで歩いて来たかのように。そう思った瞬間、その声も、この温もりも、何もかもがかけがえのないもののように感じられて、琢己は密かに狼狽《ろうばい》した。

「知ってるかなあ、ターシャ・テューダーっていう女性のこと」

「ターシャ――いや。誰、それ。聞いたこともない」

彼女が手にしている傘が、こつ、こつ、と足下を探る音がする。その音を聞きながら、また携帯電話を開いてみた。まだ十時前だ。微かにため息を洩《も》らし、行く先を少しだけ照らした上で携帯電話をしまいこむ。正直なところ、腹が減ってきていた。考えてみれば無理もない話だ。昼前に高知に着いて、空港内でラーメンを一杯掻《か》き込んだ他は、食事らしい食事をとっていない。

「アメリカ人のね、絵本作家」

「え、誰だって？」

「だから、ターシャ・テューダー」

ああ、そういえば、ペットボトルの日本茶が、ほとんど口をつけていない状態で残っているはずだった。車に戻ったら、それを飲めばいいだろう。飢えをしのげるとは思えないが、水分補給だけは出来る。この、隣で喋《しゃべ》り続けている彼女とも分け合って。

「アメリカのバーモント州で暮らしてて、比較的最近、亡《な》くなってね。九十二歳で」

「あなたの、知り合い？」

尋ねた途端、握っている手にわずかに力がこもって、「まさか」という声が聞こえた。そのまますぐに笑い声に変わる。

「何だよ。また笑う」

「だって、男の人って本当に、もう。ねえ。つまんないなあっていうか。可哀想《かわいそう》になっちゃうなあ」

「どうして」

「ターシャのことも知らないんだもん。彼女みたいな人がいるっていうことを知ってるだけでも、この人生は何倍も素敵に見えるようになるっていうのに。だから味気なくなるんだよなあ。うちのダンナもそうだけど」

そんなに有名な人なのか。うちの女房も知っているだろうかと考えている間に、ターシャってね、と声がして、力が抜けかかっていた彼女の手が再びきゅっと、琢己の手を握り直してきた。琢己はまたも奇妙な感覚にとらわれながらも、「うん」と、闇の中で頷いた。

ターシャ・テューダーというアメリカ人絵本作家は、その作品もさることながら、ライフスタイルが大きな注目を集めていた女性なのだそうだ。結婚、出産、離婚を経て、中年以降になってから田舎で一人暮らしを始め、広大な土地を見事な庭に作り替えて、一年中花々に囲まれながら、自給自足に近い生活を送って人生をまっとうしたのだという。

「昔ながらの、素朴で優しくて、すごく自然な生き方をまっとうした方。彼女自身を扱ってる本も、たくさん出ててねえ。ターシャのお庭とか、彼女の普段の暮らしぶりとか、そういったものが写真集になってるんだ」

もうまるで、絵本の世界そのものなの。ターシャは、髪は真っ白になったけれど、永遠の少女のように優しくて可愛《かわい》らしくて、服装から何から、ご本人が絵本みたいなの。花々とペットと、周りのものをすべて愛して生き続けた人だって、写真を見ているだけでも、胸が熱くなるくらいに伝わってくるの――こちらが今ひとつピンとこないままだというのに、彼女は夢中になってターシャの話を続け、「それがね」と、さらに琢己の手を引っ張った。その瞬間、胸がきゅっとなった。思わず隣を向いても、目の前に広がるのは闇ばかりだ。

「知りません？」

また唐突な質問だった。

「な――何を」

「だから――ああ、そういえば。あの、つかぬことを伺いますが」

「何でしょう」

「あなたは、この辺の方なんですか？」

「この辺っていうか――まあ、高知の人間では、あります。高知市内だけどね」

「そうですか。じゃあ、やっぱり知らないかなあ。あのねえ、その、ターシャにそっくりっていうか、とてもよく似た暮らし方をしている女性がいるっていう話」

「どこで？　そんな人が、こっちにいるっていうこと？」

そう！　という一際《ひときわ》明るい声が、トンネル内に響いた。同時に、彼女の手にまた力がこもる。

「お歳《とし》は八十代の半ばらしいんだけど、一人ですごく広いお庭を一年中、花盛りにしててねえ、何でも昔は小学校の先生だったっていう話なんだけど」

田舎の家は、どこも都会では考えられないほど、広い庭くらい持っている。

「でね、その方は、月に二回！　たった二回だけ、ご自宅のお庭を開放して、よその人間がお庭に入って自由に歩き回ることを許してくださってて、その上、テラスでお茶会を開いてるのね。私、一度でいいから、そのお茶会にうかがってみたいなあって、ずうっと思ってたんだ。その方にお目にかかって、出来れば写真とか、撮らせていただけたらなあって」

「それ、どこの話」

「だから、こっちの。馬路《うまじ》村っていうところ」

今度は琢己の「へえっ」という、少しばかり大げさな声が辺りに響く番だった。ぼんやりと広がっていく自分の声を聞きながら、ふと、幼い日のことを思い出した。あれは夏休みだったろうか。友だちと山の中を駆け回って遊ぶうち、大きな洞窟《どうくつ》を見つけたことがある。入口に立つと、すっと冷たい風が鼻先をかすめ、「おーい」と声を上げれば、奥から「おーい」という声が返ってきた。みんなで探検してみようと足を踏み入れたものの、ほんの数メートルしか入っていないところで、誰かが「わあっ」と声を上げ、それを合図のように、我がちに洞窟から転がり出てしまった。

へえ。

あんなときのことを思い出すなんて。

友だちの顔も思い出せないくらい、ずっと昔のことなのに。

「知りません？　馬路村」

「馬路村は知ってるさ、もちろんね。でも、そんな素敵な生き方をしてる人がいるなんていう話は、聞いたこともなかったな」

「まあ、ある意味しょうがないかな。マスコミとかでは取り上げてないしね」

「じゃあ、あなたはどうして知ったの」

「インターネットで、たまたま見つけたの。やっぱりターシャの大ファンっていう人が見つけたって書いてて」

「それで、わざわざ馬路村まで行ったっていうことか。その、ターシャみたいな人に会うために」

だってねえ、と、今度は手が軽く振られた。またもや幼い日のことが蘇《よみがえ》ってくる。

そういえば、誰かと手をつなぐこと自体、どれほど久しぶりのことだろうか。自分の子どもたちが幼かった頃は、こうして手をつないで歩くこともあったけれど、そんな頃の子どもらの手ときたら、あまりにも小さくて愛らしく、頼りないばかりのものだった。

だが、この手は——。

「本当は私、本物のターシャの庭に行ってみたいくらいなんだもん。だから、主人の転勤が高知だって分かったとき、『これは運命だ！』って思ったくらい。それでね、最初は、私も一緒にこっちに来るって言ったんですよ。でも、ダンナの——主人の方がね、息子の学校のこともあるし、自分は単身赴任で構わないからって」

なるほど、彼女の夫は単身赴任中なのかと思っている間に、彼女はまたもやくすくすと笑って、本当は夫のためでなく、他に下心があることを見透かされていたのかも知れないが、と言葉を続けた。

「鈍感なようで、そういうところだけ、意外といい勘してるんだよなあ」

高知に転勤してくるということは、どういった業種なのだろう。それにしても、こんな女性を残してきているとなると、さぞ心配で落ち着かないのではないだろうか。こんな――。

「だから、これまでもちょこちょこ来てはいるんだけど、今回は本当に初めて、たまたま日程が合ったんですね。だから、これはどうしてもって、思ったんだけどなあ」

「それで、どんな人で、どんな庭でした？　見せてもらえたんでしょう？」

隣から聞こえる声が、急に「うーん」と調子を落とした。おやおや、と、琢己はまたもや笑みを浮かべた。

「それがね、台風が近づいてきてるから、危ないからって。今日は、お茶会も中止で、お庭にも入れてもらえなかったんです」

「せっかく東京から来たのに？　そのこと、言ってみました？」

「言おうにも！」

また彼女の手に力がこもる。

「彼女の息子さんっていう人が出てきて、まるで相手にしてくれないんだもの！　すごい、ぶっきらぼうなオッサンで、ここは自分が管理してるんだとか、普段は母の好きにさせてるけど、とかブツブツ言っちゃって」

それは気の毒なことだった。さぞがっかりしたのだろう。彼女はそれきりしばらくの間、何も言わなくなった。ただ、こつ、こつ、と傘が闇を探る音だけが聞こえてくる。琢己はつい、つないだ手に力を込めた。

「また、今度行けばいいよ」

「そうだけど——」

「何なら、ご主人も誘えば反対されないんじゃないの」

「だって——そのお茶会は毎月第二、第四火曜日って決まってるんだもん。ダンナは仕事があるでしょう？」

ああ、そうかと呟いた後、自分なら一日くらい仕事を休んでもつき合ってやるのにと言いそうになり、慌ててその言葉を呑み込んだ。

何だろう。

不思議な気持ちだ。

相手は見も知らぬ女だと、繰り返し自分に言い聞かせていないと、ついつい何を口走ってしまうか分からなくなりそうだった。琢己は何度か深呼吸を繰り返し、闇の中を進み続けた。

# 4

水たまりに向かうときよりは、車に戻るときの方が、多少なりとも道のりが短く感じられた。ようやく帰り着き、改めて車に乗り込んで、もう一度イグニッションキーを回してみたが、やはり反応はない。

「しょうがない、か」

並んで車に乗り込み、ペットボトルの茶を分け合って飲んだ後は、会話が途切れた。こうしていれば、手をつないでいる必要もない。それが、何だかひどく心許《こころもと》なく感じられた。仕方がないからシートに身を預けて宙を見つめているうちに、次第に身体《からだ》の疲れを感じ始める。

「少し、寝ようか。時間がたつのを待つより他、どうしようもない」

言った後で後ろの座席に放り投げておいた毛布の存在を思い出した。身体を捻《ひね》り、手探りで毛布を引っ張って、彼女の方に差し出してやる。彼女は何も言わずにしばらくごそごそと動いていたが、やがて、毛布の半分を琢己の方にも掛けてきた。

「僕はいいから」

「そんなわけないでしょう？　私よりも濡《ぬ》れてるんだし。私一人で使うのなんか、絶対に、嫌ですからね」

ずい分と毅然《きぜん》とした言い方をする。また笑ってしまいながら、じゃあ、と応えて、自分も申し訳程度に毛布の端を引っ張り上げた。これ一枚あっただけでも助かった。今度からは車にも非常用品を積み込んでおくべきだ。いや、それよりも、この地域の国道の保全管理について、再確認、再検証の必要があるのではないだろうか。県民にとって、この道路は命綱、大動脈だ。寸断されてしまったら、ここから東の各町村は、半ば孤立した状態になってしまう。現実問題として明日から当分の間、物資の輸送も人の行き来も、困ることは間違いない。高知の道路整備にはもともと様々な問題があることは承知しているが、こういう形で「当事者」になると、道路特定財源に関しても、もう一度真剣に考える必要があると改めて思う。

「あの」

あれこれ考えを巡らしている間に、小さな声で呼ばれた。

「もう、寝ちゃったのかな」

「いや――起きてるよ」

「よかった。あのね」

そういえば、いつの間にか互いに丁寧語を使わなくなっていることに、ここに来て気がついた。

「この車に、ティッシュって、ある？」

それなら、と、コンソールボックスの中を探る。どこかで配られる度に、ポケットティッシュをこの辺に押し込むくせがある。その一つを探り当てて毛布の上に置いてやると、彼女の手が、手探りでティッシュを受け取った。

「あと、出来れば携帯電話を貸してもらえます？　絶対に、中を見たりはしませんから。それで、出来るだけ大きな声で、歌、歌ってて欲しいんですけど」

「どういうこと」

「ちょっと」

「ちょっとって」

「トイレ。ちょっと行ってくるから。何か歌っててくれたら、そこを目指して帰ってこられるでしょう？」

ことここに至って、お互いに格好をつけていても仕方がなかった。琢己は携帯電話を差し出しながら「リクエストは？」と尋ねた。

「何の？」

「どんな歌がいい」

「何でも」

普段パーティーなどで歌うのは、少し古めのムード歌謡や演歌が多い。だが、それは高齢化が進んでいる後援者へのサービスだ。これでも学生時代はいわゆるニューミュージックをよく聴いたし、自分でもギターなんか弾きながら歌っていた。ユーミンでも、オフコースでも。ああ、アリスもいいな。『昴《すばる》』よりも前の時代の。

「よし、決めた。いいよ、行ってきて。気をつけて」

じゃあ、と声がして、彼女の気配が遠ざかる。琢己が思い出したのは『遠くで汽笛を聞きながら』だった。歌っているうちに、何だか急に切ない思いがこみ上げてきた。どうしてこうも、昔のことばかりが蘇るのだろう。

こんな曲ばかり聴いていたのは、高校の頃だった。当時は、まさか自分が政治の世界を目指すことになろうなどとは夢にも思わず、毎晩のように徹夜しては、ラジオの深夜放送にリクエスト葉書などを書いていた。受験勉強そっちのけで、いっぱしの文学青年を気取っては、片思いしていた女の子のことを詩に書いたりして、ただ悶々《もんもん》とした日々を過ごしていたものだ。その後、生涯の友と信じてきたヤツと、その子を巡って争うことになって——結局、あの子は琢己でもその友人でもなく、まったくべつの男のもとへ走ってしまった。親友になりそこねた男は、その後、琢己の好みとは重ならない女性と世帯を持って、今は親から継いだ小さなスーパーマーケットの店主になっている。

歌詞を覚えていない部分も多かった。だが、こうして口ずさんでいるだけで、記憶の彼方《かなた》に押しやっていた様々な思いや、その時々の光景が、闇《やみ》の中に次々に浮かんできた。

ふいにドアが開いた。ふわりと空気が動いて、ほのかな香りが鼻孔をかすめた。そういえば最初にバスの中で彼女を引っ張り上げたときにも、泥の匂《にお》いの向こうから、この匂いがしたことを思い出した。

「ありがとう。歌、上手なんですね」

「――気がつけば、ずい分遠くまで来たものだな」

つい、独り言のように口が動いた。

「アリスを聴いてた頃から？」

「知ってる？　あなたの時代じゃあ、ないでしょう」

「でも、テレビで何回か、聴いたことあるから。ねえ、それより一つ、聞いてもいいかしら」

隣でごそごそと音がする。姿勢を変えたのか、毛布を直したのか。何となく、隣から彼女が真《ま》っ直《す》ぐにこちらを見ているような気がした。

「今日は、どうしてこっちまで？　お仕事ですか」

「――兄弟とも、恩人とも思ってきた友だちに会いにね。たぶん、これが最後かな」

「ああ、それで」

「何が？」

　琢己は、自分も首を巡らせて彼女の方を向いた。相手の顔は見えていない。だが今、確かに見つめ合っていると感じる。すぐ傍に、確実に彼女の呼吸を感じた。

「何となく、寂しそうに見えたから。ああ、見えてはいないんだから――そう感じたっていうだけ」

「寂しそう？　俺が？」

　口にした途端、もうすぐ友を喪《うしな》うのだという現実に引き戻されて、急速に気持ちが沈み込んだ。

「――そうかな。そうかも、知れないな」

　長年、苦楽を共にしてきた、数少ない友が、いなくなる。そう遠くない将来、彼は永遠にその瞳《ひとみ》を閉じる。そこから先は、こんな闇に包まれるのだろうか。たった一人。手をつなぐ相手も持たずに――。

何度か深呼吸を繰り返し、熱いものを呑《の》み下した。それにしても、何という長い一日になったものだろう。何という不思議な日なのだろうか。これから先、琢己は死ぬまで今日のことを忘れないだろう。彼を思い出せば、台風を。台風を思い出せば、この闇を。そして、隣にいる彼女を。

「その方は、ご病気？　深刻な？」

「もう、ホスピスに入ってるからね」

隣から「そう」という呟《つぶや》きと、微かなため息が聞こえた。

「お別れって、大抵、見送る側の方が辛《つら》いんだよね」

「そうかな」

「そうだよ。その場に残って、見送る方が必ず辛いの。誰かが抜けて、ぽっかり空いた穴を見つめて暮らさなきゃならない分だけ、傷つくの」

彼女はそんな思いで単身赴任の夫のことも見送っているのだろうか。

「いく人は、何だかんだ言ったって新しい環境が待ってるんだもん。いくら辛くたって、未来に向かえる分、希望の方が大きいでしょう？」

「それが、死でも？」

もちろん！　という声が、車内の空気を震わせた。

「死んだら無になるなんて思ってる？　私はねえ、全然そう思わないんだ」

琢己は、死んだら終わりだと思っている。色んなことを言う人はいるが、死んでしまえばそれでおしまい、ジ・エンドだ。

「とにかく、見送るのは嫌い。待つのと同じくらい」

つまり今まさに死の淵《ふち》にある男よりも、為《な》す術《すべ》もなく見送らなければならない自分の方が、抱え込む思いは辛いものになるということだろうか。そんなことは考えたこともなかった。だが、もしも死が無に帰ることだとしたら、まさしくその通りだという気もしてきた。無に帰る彼は、琢己の存在さえも忘れ果てる。そうなれば、残される側だけが悲嘆にくれ、ことあるごとに彼を思い出して、これからも生きていかなければならない。

「だが、まあ――それならそれで、受け止めるだけだな」

彼は数年前に女房を喪っている。子どもは出来なかった。今、彼はたった一人で来たるべき日を待っている。それが分かっていながら、傍にいてやることも出来ず、放り出すように別れる自分を、彼はさぞ恨めしく思い、また心細く感じているのではないかと案じていた。その後ろめたさもひっくるめて、遺《のこ》される自分の方がわずかでも、逝《い》く彼より心に痛みを感じるのなら、喜んで引き受けようという気になった。それが、これまで琢己のためにさんざん泥をかぶり、縁の下の力持ちとなって尽くしてくれた彼のために出来る、唯一《ゆいいつ》のことだ。そして、琢己が彼の死を悼《いた》んでいる限りは、彼の存在は本当の無には帰らない。

「ありがとう」

「何が？」

「いいことを教えてくれた」

思えば生きるだの死ぬだの、そんな話を誰かとしたことなど、この数十年というもの、一度としてなかったと思う。いつでも現実。いつでも政策。選挙対策。党内調整。女房とだって、現実的な話以外したことがない。子どもの教育。後援会の婦人部対策。人の噂《うわさ》。資金繰り。それぞれの親が年老いてきたことについて。

「明日、ここを出る時はさ」

「明日？」

「同時にちがう方向に歩いていこうな。どっちかが見送ったり、見送られたりしないように」

うん、分かった、という声がした。琢己が「約束だ」と差し出した左手に、彼女は細い指を絡《から》ませてきた。

## 5

時間の感覚が、まるで分からなくなっていた。外の様子も分からない。携帯電話で確かめる度に、確実に時が流れ、朝が近づいていることだけは分かったが、次第にそれも自分たちとは関係のない話のような気分になっていく。ただ、こうして暗闇に二人だけで取り残されている状況が、次第にひたすら密《ひそ》やかで愛《いと》おしく、かけがえのないものに思えてならなくなっていた。

「ここから出たら、真っ先に何をしたい？」

「真っ先に？　そうだな——君の顔が見たいかな」

「駄目、そんなの。無理むり」

「どうして」

「だって、私は真っ先になんか見られたくないもん。泥だらけで、ひどいことになってるんだから」

「へえ、意外と自信家なんだな。泥がついてた方が、いいんじゃないの？」

「あっ、ひどいこと言ってる」

隣からぽん、と叩《たた》かれる。その手を握りしめたいと思いながら、出来ない。ただ、叩かれた場所が軽く痺《しび》れたように感じるばかりだ。夜が明けてくれなければ困る。早く現実に戻らなければならないと分かっていながら、許されるものならば、あと何日かでも、こういう状況が続いてくれないものだろうかという気になっていた。

何を考えてるんだ、俺は。

年甲斐もなく。

立場もわきまえず。

見も知らぬ人を相手に。

きっと、この闇のせいだ。分かっている。それでも、自分で自分に呆《あき》れるほど、若かった頃と変わらない気持ちになってしまっていた。体温が少しばかり高くなり、血の巡りがよくなって、思い切り大きな声で彼女の名を呼んでみたいような気分だ。

「なあ」

「うん?」

「いや——何でもない」

今さら、改めて名前を尋ねるのはルール違反だ。互いに自分の身元を明かさないまま過ごす——これが暗黙のうちに決められた二人のルールに違いなかった。もしも今、この闇の中でどちらからともなく特別な関係を結んだとしても、それさえも闇の中に葬《ほうむ》る。そう了解し合っているような気がする。それなら、ひと思いに抱き寄せようかとも思うが、それも出来なかった。少なくとも今この瞬間、彼女は全面的に琢己を信じているのだ。琢己という存在を。これまで議員生活の傍らで、何度か出逢《であ》い、欲望のはけ口にしてきた女たちとは、まるで違っている。

「うそ。何か、言いたいことがあるんでしょう」

この数時間の間に分かったことは、彼女が笑い上戸である一方、なかなか鋭い勘の持ち主で、さらに隠し事を嫌うということだ。下手に誤魔化そうとしても許さない。そういう意味では、彼女の亭主は、時として手こずらされているかも知れない。

「ねえ、なあにってば」

「ちょっと、用を足しにいこうかと思って」

すると隣からまたぽん、と叩かれた。

「それを言うのに遠慮したの？　私がすたすた行ったのに」

「まあ、そうなんだけど」

「早く、行ってきて。私、何か歌っててあげるから。ああ、傘も忘れないでね。杖《つえ》の代わり」

言われた通り、傘を頼りに歩き出すと、背後から陽気な歌声が聞こえてきた。

そいつの前では女の子
つーんとおすまし　それはなに
それは鏡　鏡の中から　ツンツンツン

どこかで聞いたことのある歌だった。
何だったろうかと考えながら、歌詞が聞き取れないくらいまで離れたところで用を足す。ふと、無性に煙草《たばこ》を吸いたくなった。禁煙してからそろそろ半年になる。その間、ただの一本も吸わずに来たし、見事に成功したと思っていたのに、どういうわけだか今、ひどく煙草が吸いたい。この闇を見上げ、彼女の歌声を聞きながら、しばし陶然としていたいと思った。

それはだあれ　それはひみつ
ひみつ　ひみつ　ひみつのアッコちゃん

煙草を吸う代わりに何度か思い切り深呼吸をして、すぼめた唇の間から息を吐き出し、琢己は彼女の歌声を頼りに、ゆっくりと車に向かって歩き始めた。

気がつけば、トンネル内に響いていた風のうなりが聞こえなくなっていた。おそらく台風が去ったのだ。風雨がおさまれば、夜明けと共に捜索が始まるに違いない。琢己がここにいることは、ほとんど誰も想像していないだろうが、もしも、さほど気が回るとは思えない秘書が、奇跡的にホスピスと連絡でも取り合っていれば、ここで遭難したと察しをつけている可能性も、ないとはいえないだろう。それよりも路線バスが予定通り戻っていないことが、まず問題になっているに違いない。

救助作業が始まる前に、まず上空を捜索のヘリが飛ぶだろう。その時点で、姿を捉《とら》えられていた方が救出が早まるはずだった。つまり、少しでも明るくなってきたら、まずはトンネルの外まで出ていた方がいいということだ。

いたずらぼうずが　とびだした　エッへへ
それはだあれ　それはひみつ
ひみつ　ひみつ　ひみつのアッコちゃん

彼女の歌声は、まるで本物の子どもが歌っているかのように無邪気に聞こえた。車に戻ったら、今、頭の中でまとめた考えを彼女に伝えることになる。ようやく恐怖の一夜から抜け出せるのだ。そうして自分たちはそれぞれの身を案じている人々のもとへと帰り、温かい食べ物と清潔な衣服と、そして休息を与えられることになる。待ち遠しいに決まっている。早く美味《おい》しい水を飲みたいし、この空腹を満たしたい。それなのに、救われたくないように思えてならなかった。そこにもう彼女はいないと分かっているからだ。この闇から抜け出したら、おそらくもう二度と会わないに違いない。名前も知らず、素性も分からないままで、ただ互いの日常へと戻っていく。どれほど離したくないと思っても。

リボンをつけた　ブタが出た　ブーブーブー
それはだあれ　それはひみつ
ひみつ　ひみつ　ひみつのアッコちゃん

歌声が大分近づいたところで、携帯電話を開いた。四時七分。五時には、外もずいぶん明るくなっているはずだ。残された時間は、あとわずかだった。

「変な歌だな」

「知らない？　アニメソング」

「聞いたことあるような気はするけど」

「知らないかなあ、『ひみつのアッコちゃん』って。私、大好きだったんだ。鏡をのぞいて呪文《じゅもん》を唱えるとねえ、変身できるの」

へえ、と言ったまま、言葉が出なくなった。一時の感情の高ぶりだと分かっている。この闇に包まれているからこそ、こんな気持ちになっているのだ。それでも、琢己を信じて子どものように歌う彼女が、どうしようもなく愛おしい。運転席に座ったまま、琢己は深々とため息をつき、そして、左手を差し出して、彼女の身体に触れた。

「ありがとう」

「——何が」

「あなたのお蔭《かげ》で、思いもよらない夜になった」

彼女の手が、すっと琢己の手に重ねられた。

「私も」

「心細かったろう」

「——」

「――よく頑張ったね」

「あ、見えないよね。私ね、今、首を振ってたんだ。全然っていうつもりで」

もう一つ、彼女の手が、今度は琢己の手の下に潜り込んできた。

「何だか素敵なひと晩だった。私、何ていうのかなあ――」

「――なに」

「何ていうか、信じられたんだよね。最初から」

息が苦しくなりそうだった。琢己は黙って闇を見つめていた。

「半分、夢でも見てるみたいな感じだけど、その感じのまんま――」

隣からも微《かす》かなため息が聞こえてきた。

「ダンナには悪いけど、このまんま、時が止まってもいいかなあなんて、ちょっとだけ思っちゃったりして」

ああ、よかったと思った。彼女も同じ思いでいてくれた。そうして一生涯、今日の思い出を胸に秘めて暮らしてくれるのなら、それが一番だ。

「さて、夜明けに向けて、歩こうか。捜索のヘリが飛ぶはずだ。彼らから見えるところにいた方がいいと思うから」

大きく一つ息を吐いて、彼女の手から自分の手を抜こうと動きかけたとき、彼女の方から、すっと離れていった。次の瞬間ふわりと空気が動いて、汗と脂《あぶら》と、ついでに泥で汚れているはずの琢己の頬に、乾いた柔らかいものが触れた。思わず抱きしめた彼女の背はしなやかで、現実の女とは思えないくらいに軽やかに思えた。

「ありがとう。さようなら」

「――さようなら」

トンネルの出口に向かうとき、琢己は、彼女と腕を絡ませて、一緒に「サザエさん」の歌をうたいながら歩いた。共に知っているといったら、それくらいしか思いつかなかったからだ。途中の水たまりでは、琢己が彼女を負ぶって行くことにした。「無理しちゃって」と言われながらも、そう出来ることが切なく、嬉《うれ》しかった。

*

ヘリコプターからロープで下りてきたレスキュー隊員が、まず彼女を搬送していったのは午前六時近くのことだ。一人、残された後で、琢己はべつのレスキュー隊員に、自分の肩書きと氏名とを告げた。レスキュー隊員はひどく驚いた様子で、早々に秘書と関係各所に連絡を入れてくれ、その結果、琢己は救出されたのと同時に、そのままヘリで高知市内へと戻ることになった。念のために病院で簡単な健康チェックを受けている間に、先に救助された彼女のことを確認させてみたところ、彼女は安芸《あき》市まで運ばれて、そこで家族の迎えを待つことになっているとのことだった。

「先生！」

血圧を測っている間に、ようやく秘書が飛び込んできた。

「どこに行っちょったがですかっ、しょう心配しよりましたよ」

「俺の着替え、持ってきちゅうがか？」

血圧計を腕に巻いたまま、秘書を一瞥《いちべつ》すると、最近、父親になったばかりの若い秘書は、いかにも呑気《のんき》そうな顔で「へ」と顎《あご》を突き出してくる。琢己は「へ、じゃないわやっ！」と、泥だらけで、まるでヘビの抜け殻か何かのようにしか見えなくなってしまったネクタイを投げつけた。

「見て分からんがかっ！　このまんまの格好で、どこに行けゆうがやっ！」

看護師が困ったような顔でこちらを見ている。

「だって、先生がどこにおるかも――」

「だからじゃか！　俺が、どこでどういうことになっちゅうか分からんがじゃき、余計に着替えばあ用意しちょかんかよっ！　誰に会うかも分からんがぞっ！　たとえ汚れて見えんでも、俺に二日続けて同じもんを着て、人前に出ろちゆうがか！」

秘書は青ざめた顔で「はいっ」と診察室を飛び出していった。その後ろ姿に「上から下まで、全部ぜよっ！」と、さらに声を上げる。看護師が「血圧が」と笑いをこらえるような顔になった。

「すごいことになっちょりますよ。これじゃあ、正確に測れませんからね、先生。お怒りになるがは、もうちっとばあ、待ってくださいよねぇ」

丸顔の看護師に向かって「ふん」と鼻を鳴らしている間に、ようやく顔見知りの若い医師が現れた。選挙区に戻っているときには、何かと世話になっている男だ。

「土砂崩れの現場から這《は》い出してきたがやとねえ？」

「まあ、そんなもんやったちや。いやあ、ひどい目に遭《お》うた。まるひと晩、真っ暗闇の中におったがぞ」

「さすがは安岡先生。不死身やにゃあ」

まあな、と笑って見せた後で、ついため息が出た。こんな自分が、見知らぬ女性との言葉のやり取りだけで年甲斐《としがい》もなく胸を焦《こ》がし、あの闇から出たくないとさえ思っていたなどと、世の中の誰が信じるだろうか。

「血液検査は結果が出次第、ご連絡するとして、どうぞね、他にご気分が悪いとか、そういうことは」

塚己はふう、と大きく息を吐き出し、「腰がなあ」としかめっ面《つら》を作った。

「この後、痛んできそうやな」

「じゃあ、湿布でも出しちょきましょうかね。他は、どうです」

「あと、胸がよ」

「胸？」

「どうも、苦しゅうてね」

「胸ち、心臓ですか。そりゃあ、いかんぞね。どんなふうに苦しいがですか。息がしづらいとか？」

急に深刻な顔つきになって、看護師にあれこれ指図をし始めている主治医から目をそらし、塚己は診察室の外を眺めた。台風一過の青空が一杯に広がっている。

「それはひみつ、ひみつひみつ〜、ひみつのアッコちゃん〜、と」

医師が、ぎょっとしたような顔でこちらを見る。知らん顔をしながら、塚己はひたすら青空を見上げていた。別れ際に見た泥だらけの笑顔が瞼《まぶた》に焼きついている。今ごろ、彼女はどうしているだろう。この目映《まばゆ》い陽射《ひざ》しの下で、迎えに来た夫に叱《しか》られて、しょんぼりと肩を落とすか、または「えへへ」と笑っているだろうか。彼女のほのかな香りと共に、あの笑い声と笑顔とは、当分の間、塚己の中から消えそうになかった。

# 解説

佐久間文子

ずいぶん前のことになるけど、離婚経験のある人気歌手が「自分が人に悲しい思いをさせたから、いつか自分が同じ思いをしても、それはしかたのないことだ」という意味のことを雑誌のインタビューで話していて、その言葉がとても印象に残っている。年上の妻と別れ、新しい相手との暮らしを選んだその人の口調は恬淡《てんたん》としていたが、人を裏切ることは、いつか自分が裏切られるかもしれない不安を抱え込むことでもあると教えられた。裏切った夫も、裏切られた妻も、おそらくは新しく妻になった人も、だれひとり無傷ではいられない。

『それは秘密の』に収められているのは長さもスタイルもさまざまな九つの作品で、あえていうなら共通するのは、人を恋する気持ちと、その取扱いの難しさである。ときめき、翻弄《ほんろう》されて、時には自分を見失ってしまう男女の姿が描かれている。

もし料理やピアノやカラオケなどと同じように、恋をすることにも上手下手があるとしたら、この本に出てくる人たちは、どちらかといえば上手《うま》いほうではない。もはたから見ると少し、いや、かなり不器用で、相手の気持ちがわからずに悩み、もがいている。みじめな思いもして、うんうん苦しんだ挙句、自分自身の思ってもみなかった一面を引き出されてとまどうことにもなる。

では上手に恋ができる人ならば、そんな苦しみとはいっさい無縁なのだろうか。冷静に、自由自在にかけひきができるとしたら、そこに流れているのは恋に似てはいても、また別の感情ではないだろうか。恋をしている人は、どんな美女でも賢人でも、この本に出てくる人たちのように右往左往して独り相撲を取るものではないか、と思われてならない。

収録されているのは九篇。うち四篇は新聞のために書かれた掌篇小説で、五篇の短篇の間にそれらの掌編が挿《はさ》まれ、綺麗《きれい》に対称をなす構造になっている。

できれば先に解説を読んだりせず、本文の小説から読み始めてほしい。もちろん、たいていの読者は言われなくてもそうしていると思うが、ここであえてお願いするのは本書の魅力のひとつに登場人物の関係性の描き方があるからで、その人がどういう人かを作者がはじめに説明するようなことはせず、しばらく読み進めるうちに人間関係が浮かび上がるしかけになっている。その面白さを損ないたくない。

巻頭に置かれた「ハズバンズ」が典型で、登場人物三人は特異な関係性に置かれている。タイトルにヒントがある。「ハズバンド」ではない、複数形の「ハズバンズ」。細かくいえば「元ハズバンド」と「現ハズバンド」で、主人公の「元ハズバンド」が、彼を元職にした張本人の女性と向き合っているのである。

この元妻というのがくせ者である。好きな人ができたと自分から離婚しておきながら、元夫の前にちょくちょく現れては金の無心をする。若いときはコンパニオンだったというだけあってかなりの美人らしいが、野心的で、そのくせ他力本願で、外見の維持にかける費用を現夫ばかりか元夫にまでたかろうというのだから相当ずうずうしい。すでに四十代に入ったというのに若さばかりを追いかけているため装《よそお》いもちぐはぐで、かつては彼女の言うことをできる限り聞いていた年下の元夫からも「積み重ねてきた人生というものが、まったく感じられない」とまで思われる始末だ。

若さに執着する不実な女に振り回される男たちのお話かと思えば、そんなことでは話は終わらない。そんな表面的なお話をこの作家は書かない。世の中に、百パーセントの善人、悪人というものが存在しないように、ちゃらんぽらんな女にも別の一面があり、振り回されているだけのような男の中にも複雑な思いが見え隠れする。人の性格も単色ではない。相手との関係性の中でさまざまな色が引き出され、その人の像に塗り重ねられていく。誰かを思う気持ちがそれまでになかった一面を、心の奥底に秘められた何かをあらわにするのである。

会話が設定の妙を支える。「それならいいわ」――元夫から金を引き出せないとわかった女の声がそれまでと一転して低くなる場面が「ハズバンズ」にはあって、描かれていない彼女の表情が変わったことがありありと目に浮かぶ気がした。心の声も含めた言葉のやりとりが抜群に面白いのは同棲《どうせい》中のカップルの危うさを描く「アンバランス」などほかの短篇でも同じである。

「アンバランス」のカップルは、さまざまな意味で均衡を欠いている。まず身長。瞳《とう》子《こ》のほうが五センチ以上背が高く、年も四歳上である。十年以上続けた仕事を辞め、アロマテラピーの学校やソムリエスクールに通うようになり、時間だけはたっぷりある瞳子に対し、係長に昇進して仕事を任されるようになった直也《なおや》は、帰りも毎晩深夜で家ではいつも疲れている。

その結果、生まれるのが会話量の不均衡である。夜は帰るとすぐに寝てしまうし、朝は早い時間に黙って出かけてしまう。マンションに引っ越してきたらしい、顔の見えない隣人の立てる怪しい物音に悩んだ瞳子がいくら不安を訴えても、ろくろく返事もしない。

いや、直也自身はそれなりに答えているつもりなのだが、自分でも声に出して喋《しゃべ》っているのかいないのかも判然としない状態——というのは実際には声に出していない状態ということだ。そのちぐはぐさは読んでるぶんにはおかしいが、当事者には大問題で、言葉の意味を互いに取り違える事態を招く。年上の瞳子が、結婚する前に早くも倦怠《けんたい》期かと薄ぼんやりした寂しさを感じていることにもまったく気づかず、ひそかに立てた計画の遂行に夢中になっている。

主人公の女性のひとり語りで進行する「キープ」の場合は、彼女が誰かとかわしている会話が、それが誰かはわからないまま、ふと挿入される。

十五歳のとき、好きになった相手との恋がうまくいくことを願って、「もう二度と、誰かを好きになったりしない」と誓ったものの、すぐ恋に破れてしまったと打ち明ける彼女に、「本当に？　だけど、まるっきり誰ともつき合わないで、今日まできたっていうわけじゃあ、ないでしょう」と答えているのは、行きつけのバーのマスターであるらしい。

彼女のつぶやきも、時折、声になったりならなかったりしているのに、「アンバランス」の二人と違って会話に支障をきたさないのは、このマスターがカウンターの向こうにいるからだろう。第三者的立場というか、場面が変わって挿まれるのは、マスターと常連客との会話になったりもする。

酒場でかわされる会話はその場に流れるBGMと大差ない、とくに深い意味を込めないものであったりもするが、カウンターの向こうにいるからこそ、マスターはわずかな表情や声のトーンの変化をとらえて、彼女の心境を言い当てたりもできるのである。

「僕が受験に成功したわけ」の主人公は全篇を通して一番若く、ほかの登場人物たちほど言葉を使いこなすスキルを持っていない。つきあい始めた彼女の母親に振り回されて、心ならずも（しかも相手を間違えて）決定的なひとことを言ってしまうが、小学生男子はそれをフォローするすべも知らない。あとに残るのはただ苦くて甘酸《あまず》っぱい思い出だけだ。

四つの掌編も、なにげない日常の場所が舞台に設定されているのは同じだ。マンションの一室であったり、駅や電車の車中であったり。見慣れた場所で人が出会い、言葉をかわす。限られた時間の、ひとつの情景を切り取っただけなのに、登場人物の印象や身にまとう色彩がはじめと終わりでは変わったような印象を受けるのは、展開の鮮やかさによるものだろう。なかでも、「早朝の散歩」で、白杖《はくじょう》を持つピアニストと、眠れない夜を送った女との間でかわされるやりとりのはかない美しさが印象に残る。

最後の「それは秘密の」だけが、非日常的な空間での男女の出会いを描いている。

猛烈な台風の中、一人の男が車を運転している。男は国会議員で、病床にある参謀役の友人に最後の別れを告げてきたところだが、トンネルを抜けようとしたところで道路が遮断される。引き返すと、後方では路線バスが土砂に押しつぶされて横転している。中に閉じ込められていた乗客の女性を助け出した彼は、泥だらけのまま朝まで救助を待つことになる。

間一髪のところで命がつながった二人。暗闇《くらやみ》の中でかわされる言葉は無防備で、ひとりの人間がむきだしになり、それ以外の状況では考えられないほど相手との距離をひと息に縮めてしまう。

たとえこの先、二度と会うことがなくても、二人は一緒に過ごした時間をくり返し思い出すだろう。この最後の恋が、最も純度の高い恋と言えるかもしれない。


（平成二十九年一月、ライター）

この作品は平成二十六年八月新潮社より刊行された。

## 新潮文庫最新刊

知念実希人著
### 天久鷹央の推理カルテV
―神秘のセラピスト―

白血病の娘の骨髄移植を拒否し、教会の預言者に縋る母親。少女を救うべく、天医会総合病院の天久鷹央は〝奇蹟〟の解明に挑む。

維羽裕介著
### 女王のポーカー
―ダイヤのエースはそこにあるのか―

ポーカー絶対王者へ寄せ集めチームが挑戦状を叩きつけた！　王座戦に向け地獄の夏合宿に突入し……白熱の頭脳スポーツ青春小説！

秋月達郎著
### 京奉行長谷川平蔵
―八坂の天狗―

盗みの場に花札を残していく、謎の盗賊「八坂天狗」。京の町を舞台に、初代長谷川平蔵とその息子銕三郎の活躍を描く時代活劇。

江戸川乱歩著
### 妖怪博士
―私立探偵　明智小五郎―

不気味な老人の行く手に佇む一軒の洋館に、縛られた美少女。その屋敷に足を踏み入れたとき、世にも美しき復讐劇の幕が上がる！

城山三郎著
### よみがえる力は、どこに

「負けない人間」の姿を語り、人がよみがえる力を語る。困難な時代を生きてきた著者が語る「人生の真実」とは。感銘の講演録他。

押川剛著
### 子供の死を祈る親たち

刃物を振り回し親を支配下におく息子、薬と性具に狂う娘……。親の一言が子の心を潰す。現代日本の抱える闇を鋭く抉る衝撃の一冊。

JASRAC 出1700591-701

# それは秘《ひ》密《みつ》の

新潮文庫　の－9－38

平成二十九年三月一日発行

著者　乃《の》南《なみ》アサ

発行者　佐藤隆信

発行所　株式会社 新潮社

郵便番号　一六二―八七一一
東京都新宿区矢来町七一
電話 編集部(〇三)三二六六―五四四〇
電話 読者係(〇三)三二六六―五一一一
http://www.shinchosha.co.jp

価格はカバーに表示してあります。

乱丁・落丁本は、ご面倒ですが小社読者係宛ご送付ください。送料小社負担にてお取替えいたします。

印刷・大日本印刷株式会社　製本・憲専堂製本株式会社



ISBN978-4-10-142557-3 C0193